记忆，语淡而终不薄。

徐 芳◎著

月光无痕

中国出版集团　东方出版中心

目　录

未完待续

自　序

　　美国女作家苏珊·桑塔格说：在散文中，诗人永远哀悼伊甸园的丧失；请求记忆说话或哭泣。桑塔格的话里充满了对诗人散文的一种洞察与包容。

　　她认可了记忆在诗人散文中的重要位置，认可了记忆的那种性质：絮絮叨叨、一地鸡毛，但这"鸡毛"却可能是灵魂的片光零羽；她认可了呈现记忆的那种方式：说话或哭泣；但更要紧的还是苏珊·桑塔格认可了一种"请求"的姿态：它是对记忆的虔诚，是对记忆的断片式存在形态的尊奉，概言之，对一种"散"的姿态的眷顾和挚爱，亦即"散文"为"散"的不可抗拒性的某种信仰。

　　我试着沿着桑塔格的话行进。我的记忆在被我"请求"时，它也打开了，和缓地或者激烈地打开了。它不仅说话或哭泣，还有着笑容，朝阳般的笑容和藏匿在皱褶里的笑容。所有记忆中的划痕、欢笑、痛与沧桑，都被完整地"请求"了，也被尽量完整地、原生态地呈现了。

　　十几岁的时候，我看着围着围裙洗衣做饭的妈妈，曾经想，那或就是我三十多岁的样子？天天在一起，彼此也就看不见变化——那时我从不认为母亲会更老，或者也曾经年轻过。

记忆中的时间该是恒定的，就像俺妈那时每天只说一样的话，做一样的事。可就在我二十岁的时候，青春无羁的，把某个三十岁的大姑娘，背后叫做了老女人，区别只在于她还是个陌生人而已……

现在还仍然记得，那时自己对于以前及以后岁月的那种张狂样，仿佛要做的事情还很多，要走的路还很长。一推开门，便有点兴奋，就热血沸腾，就想跑与跳。曾有当年不同班的一位"小"同学，脸上堆着一脸褶子，夸张、大笑着告诉我："不管在校园的哪个角落撞见，我从没见你走过路！"

天哪，四十岁时，假如真有人逼我跑步，那我也肯定力不从心了。五十岁（实足而不虚），曾经想也没想到过，却悄无声息地这么过了！当然不会敲锣打鼓、张灯结彩，但我也并没有像某作家在铺张大办的生日宴上，独自一人向隅而泣。也正因为不想给自己哭的机会，我才理智地坚拒了此类以庆生为名的胡吃海喝。

而海枯石烂的永恒并不存在，可如果一粒沙里就有一个无穷的宇宙，其实我只想保留一个不变不移的时间：记忆——复而不厌，赜而不乱。在化无情为有情的过往中，每样东西仿佛都是静静的——没有什么还会在消逝的时间里，再消逝。

上海每年有两三个月的冬季，敲打键盘如敲打冬夜的我，无所事事看着窗外的时候，即可产生某些惊异的幻觉。非常微妙，非常强烈，比如：这里——就是我生活的地方。我在一本诗集名里，曾称之为"带蓝色光的土地"。而"上海"一词，倒更像是一个意象缥缈的梦。

以上所述，用短信、微信或"围脖"里的私信中的语气词表示，就是：嗯嗯。这一切是那么的"散"，那么的自我，那么的忠实于记忆的本真状态——散沙、岛屿般不规则地分布在生命的那片汪洋之中，或者，就像普鲁斯特、像乔伊斯一样，沉浸在一种"无意的记忆"之中，沉浸在无边无际的"散"中。

沉浸，但我力图自拔。从"散"中自拔，从"散"中突围——为"散"找到"散"的存在的至高无上的理由：即它事实上遵循着至高无上的艺术法则。

若说谁都"散"过——似不敢断言。但许多艺术大家都"散"过，倒是有迹可寻、有据可证的。

李商隐之"散"，是他的古破锦囊，遇有所得，即投囊中；赵师秀之"散"，像陶潜一样，似乎还染上了一点闲："闲敲棋子落灯花"；略萨之"散"，或许是他和加西亚·马尔克斯的一场纠纷和斗殴；博尔赫斯之"散"，也许是他焦急地等待着母亲归来；茨维塔耶娃之"散"，则有了点小女生的情愫，在那篇《关于一个活生生的人的活生生的文字》里，她肆意描写了"那个剃掉头发、戴眼镜、刚出版第一本诗集的伛偻女学生"在见到诗坛前辈沃洛申时的惊恐和欢喜……

"散"或如恒河沙数，无法穷尽。"散"是必需的，但"散"不是万能的，或者极言之，如果仅仅只有"散"，"散"就是无能的。

"散"，就是麦苗、麦秆、麦芒和麦粒。它们本身并不直接提供给我们所需要的"饮食"，而要进入到"饮食"的意义范畴，还必须经历生长、收割、碾压、蜕皮、研磨等工序，及至成为"面粉"，然后才可能进入到"饮食"的意义范畴。换句话说，要让"散"状的日常生活碎片,进入文本,进入某种意义范畴,也必须要有一个过程。而这一过程,或许充满着从麦苗到麦粒,再到面粉的技术意味。

那句"形散而神不散"既是真理,可也是老生常谈吧? 因为"不散",不仅仅是一个"神"的问题,它应该还是一个"俗"的问题,即如何找到一种技法,一种想象力的载体,一种结构的力量,去将"散"统摄起来。

这种统合"散"的力量,海德格尔在《林中路》中,是有着深刻的阐述的:一切艺术的本质都是诗。据此说来,循着诗的某种路径,去经营散文,即使不是最直线的捷径,或也是少走弯路的便利之道?

以诗为本,首先是"情"。前人袁枚说:"凡作诗,写景易,言情难。何也? 景从外来,目之所触,留心便得;情从心出,非有一种芬芳悱恻之怀,便不能哀感顽艳。"(《随园诗话》)当代德语诗人保罗·策兰也说过:"那些词可以给我们安慰,比如花朵,光明,自由……"古今中外的诗论,实可以借来壮声色,但任何情感的经验,在需要表述的时候,无论诗,无论小说或散文随笔,遭遇的或都是陈旧乃至陈腐的语言。而散文恒久远,久远的另一层意思也就意味着它必须突围:让语言裹挟着情感突围。换言之,散文力求"神不散"的最大技巧,就是确立一种抒发情感的语言形式的整体性。并在这整体性之上,让情感凝聚为同一向度的、具有爆发力和震撼力的场域。

当这一场域形成时,它到达了苏珊·朗格所言的"形式即意味"的化境。然而,这一场域自然不会凭空而降,形式也不会凌空蹈虚,形式的形成离不开技法的导入。海德格尔的到达艺术化境的"林中路",也会展现出无数条分岔的艺术小径。在本书中我试着去辨析我曾走过、曾踩踏过的那些小径。那些小径是"散"到"不散"的路径,是技法,尽管它最终走向了形式、归于了形式。

技法一,找到一个抒情口,并期冀把自己与文字温暖地融合。是的,我又一次说到了散文的抒情性——不怕笑话,在抒情类散文,被某些批评家和新锐散文家们不遗余力地批判,而以某类标签作家为代表的抒情风格,也成了不可效法、不足为训的写作禁忌,我却依然强调抒情性。"文者情为经",没错,我很难想象散文倘若不藏匿情感并最终将这情感抒发出来,散文会是怎样的面貌?桑塔格在《诗人的散文》中对此有很好的阐述,她强调了情:激情的容量,激情的特殊倾向;她强调了情的抒发的"口",一个特殊的"口":内容或语感应是挽歌式的,回顾式的;她还强调情与自我的相关性:诗人的散文是激情的自传。

技法二,向传统、向母语致敬。我所谓的散文创作的自觉性是:涵容古典诗境,浸润于古典诗境,然后在这一"自觉"之下,寻找现代城市语境下的诗性。不过,古典与现代统合的困境或窘境就在于,你稍不留神就感觉到了传统的强大,就像球撞向巨大的物体,反弹力就让你疑窦丛生,"情更切"或许就变成了"情更怯","急欲问"或许就变成了"不敢问"。在这种境遇之中,我不知道我是不是走在一条弯道上,但仔细深究一下,走弯道又何妨?走弯路难道不是自然界的一种常态?走直路,却可能是一种非常态。

曾读过一则禅宗故事:佛学院的一名禅师在上课时把一幅

中国地图展开,问:"这幅图上的河流有什么特点?""都不是直线,而是弯弯的曲线。""为什么会是这样呢? 也就是说,河流为什么不走直路,而偏偏要走弯路呢?"禅师继续问,理由则不为别人所共同认同。

我自认为是悟出了那禅师的理由的,但我不知道自己究竟能写出什么,写到什么程度,在到处是事故与故事的时代,电脑键盘留给我的,也许只是尖锐而冷硬的触觉。至于字符在此时此刻的各种死法,也多么像对弯与直,散与不散,高抒情、低抒情与零抒情……种种强悍有力的呼唤?!

这样一想,传统、母语其实是给了我强大的信念的。言近旨远,旨在象外,物我两忘——这些传统中最可宝贵的东西,可能正是现代抒情和叙事理论所苦苦追求的:散文比之小说,更要认识到语言的有限性:语言停顿之处,意义正在前行;语言消失之处,意义正在生长。

技法三,猜透瓦雷里与布罗茨基之谜。瓦雷里与布罗茨基设定了散文的某个迷局。瓦雷里说,诗是舞蹈,散文是走路;布罗茨基说,诗是疾驰,散文是小跑。可他们为什么这样来界定诗和散文呢? 在这种界定中,却存在着某种一致性:散文和诗一样,都是形体的某种动作,只不过这种动作激烈程度不一、速度不一,但它们都是宇宙之中我们运动着的一种形式,都和身体的存在形式和存在感相关,这就如同诗和散文都是一种文字的存在方式一样。而它们的差异性就在于:诗由于文字的精悍而更激烈;散文由于需要铺排、需要必要的叙述过渡,而更像走路与小跑。但这样的迷局为何由特别强调形式意味的瓦雷里与布罗茨基说出呢?

迷局的谜底或许在俄国形式主义者什克洛夫斯基那儿：极有必要创造出一种新的、硬朗的语言，它的目的是看，而不是认知。创造了艺术的陌生化理论体系的什克洛夫斯基这段话的意思就是：去除日常生活的语境化，艺术语言必须与赖以生存的日常生活的语境保持足够的距离，从而凸显存在的个性和差异。对于诗歌语言而言，陌生化就是在诗歌中凸显词语自身，把诗歌语言从日常语言中"突出"出来。

瓦雷里与布罗茨基应该都是这一陌生化理论的实践者。他们突出的贡献无疑是在诗歌方面，但他们同样会涉足散文。而当他们涉足散文时，他们不会忘记他们在诗歌方面的语言实践，即让语言"新"而硬朗，将语言的通讯性质全然摒弃，但他们毫无疑问又受制于散文的文体要求，它必须要有经验性质的、日常性质的叙述和描摹。

他们做到了。他们都用他们的腿：去走路或舞蹈；去小跑或疾驰。区别仅仅在于：在诗歌中他们将新的硬朗的陌生化语言一以贯之，而在散文中，他们不会和经验主义范畴的作家相仿：不知陌生化为何物。他们会在散文的句逗之处，分行之处，段落之处，结尾之处，突然跳出那些闪耀奇思异想充满陌生化意味的长句或短句。

这就是布罗茨基所说：马来到我们中间寻找骑手。

文学是马，诗是，散文亦是，写作者是被文学寻找的骑手。而那些感动布罗茨基的句子，亦会感动你我。它也是一条河流域中的沙洲、鸟及芦苇。它不是河本身，但它成为河的全貌的一部分，并让河的全貌生动立体起来。就让我们感悟河吧。

技法四,向罗兰·巴特学习转化。巴特写道:价值向理法的转化(我心不在焉地读着我的一张卡片上的字:"转化",但确实是这样写的):出于滑稽地模仿乔姆斯基,有人将说,任何价值都会重新写成理论。这种转化,即这种激变,是一种能量:话语就通过这种解释、这种想象的移动、这种对于借口的创立而产生。由于理论源于价值(这并不意味着理论就没有坚实的基础),它便变成了一种智力对象,而这种对象又被带入了一种更大的循环之中(它遇到了读者的另一个想象物)。

这段文字有着最为典型的巴特的写作姿态:漫不经心,信手拈来,但又字字珠玑。它典型地反映了巴特的"文本互涉"的写作理论,即在巴特看来,一个文本与另一个文本之间,一个文本与千千万万个文本之间,总有看不见,理还乱,但或许又能理出某种头绪的关系。

其实,从另一个角度而言,罗布-格里耶也表达过这样的意思:即我们所使用的物及表达物的语词沾染着太多的历史、太多的意味。要剥离一个语词,或者说,要把语词放逐到没有意义的境地中去,几乎是不可能的。但格里耶与巴特的不同之处就在于:巴特总是在兴高采烈地玩着这样的剥离,如同他在《恋人絮语》中所做的那样;而格里耶总是小心翼翼避开这种剥离,他总是想方设法让语词在最本真最原始的状态上运动着、进行着、组合着。

我可能更接近于巴特,但我理解格里耶。同时我也深知像巴特那样的危险在于:一不小心就掉入随意用典的语词陷阱。

技法五至N,向……学习。这一语式意味着向所有的写作者学习所有值得学习的东西。向屠格涅夫学习如何呈现自然；向杰克·伦敦学习如何呈现生命；向皮兰·德娄学习如何寻找自我；向歌德学习如何认识魔鬼；向伍尔芙学习如何沉浸自我；向陀思妥耶夫斯基学习找到某种复调结构，这就如同向昆德拉学习如何找到古典与现代的对位……

也正是在学习的意义上，我觉得文体意义上的"散文"真好，它是可以信马由缰、自由驰骋的，艺术的指向与可能性都可以落实于纸与笔的摩擦，或手指与键盘的接触中，而在这摩擦与接触中，似有一种天长地久、无垠无限，以及渺小、任意、自由、美好的气息。这样想来，生活与哲学里一切的好，也都应该是一种"散"的姿态与"文"的姿态……也因此，所有的写作，不只是写作；而文字，也不只是文字了。

说了这么多技法，但其实用得着一句武林高手的至理名言：无技巧即有技巧。写这本书，我最终极的追求应该是："语淡而味终不薄"，能自然一些，就尽量减少文字上的用力；同时也写出一种适意——来自身心两方面的快感。写着，并快乐着；或者说，快乐着，因为写着。

秘密阳光→→→

有味

那只盂或者叫钵,就放在西餐桌的中央。敛口、鼓腹、平底。粗看色黑,拿起细看,通身却不见一点墨色。"春英夏荫,秋毛冬骨"八字,似可形容那种幽幽的色调,所谓春绿、夏碧、秋青、冬黑,集于一身。

重如铁锭,却浑圆,而转动时有凹凸感。我尤喜凹下处,就像匠人制作时不经意残留下的指肚印,或刻意雕塑的眼窝形状。而凸起的地方,像一棵树上的树节、树瘤。这种感觉,厚重、朴实,本色,一点儿也不迎风舞弄,或曰作秀。

我问前来"看宝"的、一个玩收藏的朋友:"你见过没?这样的……"

朋友摇摇头。却叹道:"有味!"所谓有味,也许是说不清年代,也说不清形制,形容不出的一种形容吧?

这件"宝物",其实最平常不过。小时候,我常去和鳏居的外公做伴。外公家,别无长物,只一张大八仙桌,几把椅子,一床一榻,还有一排柜子而已。其中一个小柜上,放着几样零星的摆设,其中就有它。

说它是摆设,倒未必。但说它是实用物件,又实在说不清它的用项。

说起来,外公一生的嗜好,唯有酒。晚饭时从来都是先拿酒,抿一口，再举筷子。酒是零拷的绍酒，上海人称之为黄酒。其中也有分别，五加皮便宜，是平常喝的；状元红却难得上桌，一般只是用来待客，或在节庆日里专享。记得它们存放在两个保暖瓶大小的玻璃瓶里。"嘣"的一下开瓶塞，朝冬天的锡壶，或夏天的小碗里，咕嘟咕嘟两下，那就是三两了。这样的准度，只有他有，唯手熟而已。

我人来疯似的吵着要喝的时候，外公便隆重取来那件"法器"，一个"咕嘟"都不到，辄止。舔着玩，并不觉得好喝。多舔几下后，就天昏地暗了。被叫成小醉猫，再就被逼到床上睡觉去了。可过段时间，他老人家偶然兴致高，一个人"滋溜滋溜"的，不过瘾。便又拿出那个来，问："喝点吗?"我点头，大概是对这古怪的盛器，感觉有趣。

有一次我的手被门轧到了，紫胀，还有一次脚背烫伤，外公皆在那只说不清是盂还是钵里，泡上一种什么叶子。他将叶子在舌尖上蘸了唾液，粘贴在我的痛处。我学样，那一片片叶子，横七竖八地贴满了他操劳的脸，他竟乐得哈哈直笑。

有时那里也会捧出一只桃，或者是几颗杨梅、一串葡萄，令馋嘴的儿童意外惊喜。

老人不甚爱茶，但时不时会抓一把决明子或菊花，放在那物件里，灌上开水，凉着。小孩喝不得那苦味，抗拒，但总被揪住而无奈灌下。他发狠说，那茶饮能明目、去火。说这话时，铁钳似的茧手，自觉不自觉地用了力，我的耳朵则火烧一样地疼。

后来那东西，又做了母亲的针线"笸箩"。针头线脑里，它就像我仄起的耳轮，做出倾听的形状。我趴在妈的脚跟前，捻线，穿针，也听她讲过去的事。

妈说：外婆不是只生了她一个独女，本来养了四五个孩子。可都在四五岁上突发急病，死了。轮到她出生的时候，虽是女孩，也极为宝贝。家里人都愁怎么养大。亲戚朋友中的一位年长者，指点说：

用碗盛一盛放在庙里，就好了。果然，她就被放在一个大碗里，在香烟袅绕中再被带回家，之后长大，结婚，生了我们姐妹……

她的小名，就叫"大碗"。

说这话时，妈的眼风正扫过眼前这一只"笸箩"，或该叫"大碗"的。可如果就是它，未免太叫人难以相信了。

外公生前，我未问及此物的来历；他去世后，妈说，你挑一件东西留作纪念吧。我没挑镂雕的石花瓶，也没挑清末民初的五彩大瓷罐，独独挑了不起眼的它。说拿去给儿子放围棋子吧。

儿子把它抱在怀里，却骇道："有味！"

酒味？茶味？果味？后来养过小金鱼、小乌龟的味儿？或者是老外公身上的油烟味(他曾是个厨师)？

无论如何，它现在空着，我只闻到了孤独的味道。

这苍老而年轻的歌声

　　那日睡得早。蒙眬里听到一曲遥远的歌,歌声缥缈,似乎从很远很远的地方,很远很远的过去,猎猎而来。它挟带着冬夜寒风的尖声,断续而持久地传递到了枕上,一直进入到我酣沉的梦乡。第二天一早起来,开窗,那歌声的余音,竟还在室内来来回回地回荡。看来是我临睡前开的音响,忘关了?

　　终于想不清那歌究竟是什么,索性再把几近于无的音响声开大,倒腾了一会儿光碟,看了几十首歌名。至少,我可以肯定,那些都不是我梦中所听到的旋律。听到不比平常的动静,儿子从隔壁房间里跑来,嘴角上粘着面包还是饼干的屑粒,他啧啧几声后,便夸下海口:"没有什么歌可以逃过我的耳朵,我一定能替你找出来。"

　　看着他有些嘲弄的眼神,我扯动着干涩的声带,嗫嚅而发不出声来。五音不全,乃至于七个音符经过我紧张的嗓门拥挤而出时,它们不是多了一个,就是少了一个——走调,那是百分之百的事。果然,儿子扭着腰、摇着胯,哼着他的"天空之城"走了。在扔下我之前,他一个劲儿地摇头,直说:"管不了!"

　　魂不守舍地出门,上班。这一日,头脑昏昏的,似乎是一直在自己的脑袋里寻找着那首失踪的歌。众人笑,我也笑。众人不笑了,可我还在笑。直到有人用手肘顶我一下:"嗨,想什么呢?"咬住唇,我呆立在人群里,不能说,也说不了哇。

我不能说,在找一首歌吧? 更不能说,我在找一首说不出歌名,也哼不出调子的歌吧?! 懵懵懂懂的这一日,像喝了酒一样,脑门上的青筋在跳,五脏六腑倒像是腾空而去了。现实与幻想,做一处耍乐了,彼此泯灭了界限。

晕乎着,疲惫着,才走到了家门口,突然就觉得,气氛有些不同往常。一帮老头老太,正围坐在花园里,像是开会。可只是稍微想了想,又认为一定不是在开会。看他们扭着脖子,也扭着腰,那是我面前可望而可即的,一片白花花休闲的世界。

歌声就在此间随起随落,碎起碎落——并不整齐划一而高亢。并且,我还突兀地看到,一个高耸的秃顶,让夕阳染得通红、血红。另一个,拼命压住气管里的异声、竭力忍住咳嗽的老头,脸涨得像鸡冠,还可笑地摇晃着。

可不论怎么疙瘩,也不论怎么含混,那声音,就让我在刹那间——张大了嘴巴,腮帮僵硬,双目圆睁。这不正是我寻找的梦中的歌声吗? 在高楼中间,在车水马龙的包围之中,那歌声显然没经过什么处理,也没受过什么训练,却亦葱亦茏,亦断亦续,浩浩而荡荡。

走出电梯,走进屋子,我把朝向这个花园的窗帘全部打开,夜静静的,慢慢临近到身旁。一盏盏街灯和草地里的地灯,在楼下的某处,一起点亮了我至今还不知名的歌声。像民歌? 那应该也不是很出名的民歌吧? 从未听到过呀。

当想象的翅膀飞腾起来……我已不再沉默于窃听麻雀归巢的私语;也不再眯着一双倦眼,寻找月亮投下来的模糊的影子;也不再长久地坐在沙发上,盯着电视机,为八竿子打不着的人事,默默流泪。这不由电线而传达的歌声,竟为我带来了热力,也带来了动力。于是,想动一动,比如：做操;还比如：舞蹈?

这苍老而年轻的歌声啊,让我的生活状态,由一种愁闷,突变到惊异、欣喜,直至心花怒放。借用欧阳修的话来说,叫做:"初如嚼橄榄,真味久愈在。"

诗：我的心灵花园

我其实不知道我为什么写诗。不知怎么，我就写诗了。在很久很久以前的时候，七岁还是八岁，或者更早，像送走一艘纸帆船、一架纸飞机，飘飘荡荡的那种感觉，叫人难以相信。但是，这是真实的说法，你不得不信，我自己也是。要从头说起，却真是无从说起。

不知怎么，我写了很久，也许，既然不知道什么时候开始的，也就不知道什么时候结束。三十年还是快要四十年了(真吓人)，哪里是扳着手指能数得过来的呢？从十八岁发表第一首诗——那时曾被诗评家称之为"少女诗人"算起，我即使再无视岁月流逝，眉头与眼角隐约的皱纹也毫不留情地暴露了时间的行藏……

对我而言，与十年前完全一样，与二十年、三十年前完全一样的只有心中的缪斯，换一种激情表达就是：千年之后她也不会垂暮老去，老去的只有凡俗的生活与沉重的肉身。可以肯定，在很久很久以后，我还会以为自己这一生是幸福的，就像撞电线杆的数学家陈景润，不能控制也不该控制地去撞。我曾为这样的撞击而感动，众声喧哗中，那并不是夺人眼球的现场秀，也不是他"走"歪了，身形不稳，而是无暇旁顾或视若无睹的表现态度……

那话说得有些许悲壮。也不知怎么的，我把写诗当成了一场逃亡。有很多人是向外逃，而我不然，固然是那种对青春的践约，似乎更是一种慌张之后的飞蛾扑火，只怕更表明了，我与现实生活的脱离程度已如此严重。但我也因此很怀疑一些诗人写诗的动机：是因为火热的生活的召唤——打肿脸充胖子的大有人在。地球人都知道哇，诗歌已经边缘化了。而作为边缘人，如满脸夸张表情，怀着老鼠爱大米的心情自说自话、自卖自夸，那就更需要警惕和质疑了。

局面其实挺严峻的。一个曾经和我一起得过上海市优秀文学作品诗歌奖的同道者，现在是某某大公司的老总，他称我为"留守女士"，这表示了他的最大的悲悯。不可思议的是，诗人经商几乎都非常成功，至少在上海，它甚至可以视作为一种现象来看待。不能说我不羡慕，只能说我很愚钝，呆头鹅一样不知挪窝。

外界的事，当然与我有太多的关系。我必须是个单位人，除此之外，我还是别人的女儿、妻子、母亲……是一路走来的一些人的朋友，种种角色要我去体谅、去护持、去担当，这都是无可逃避的责任，我也从未打算逃出这个纷繁可爱也可怨的世界。我所说的"逃"，就是欲以诗歌保有对我来说非常重要的内心世界，在其中种花种草，也以这样的手段与方法，以对真善美的不懈追求，来明了与进入他人精神的世界。这样的感应、这样的共鸣，不需要奖赏，也不需要和别人竞赛。

在一个什么都要竞技的年代里，进而言之，在连板砖都能横飞的网络时代里，静下心来读或写一首小诗，像诗人华兹华斯说的那样："一朵微小的花，也能唤起眼泪表达的那样深的思想。"尽管诗歌不能直接解决任何现实问题，但相信它能够超越于现实——如果你能了解诗歌的真精神。就像我曾做庄严状，一本正经说过的一句话：越是超越的人生，就越是诗化的人生。

也许这样内在的超越形之于外后，在别人看来，倒是一种孤独与凄清，那我以为也是一种必须。在普通的日常生活中捧持着一颗天真而羞涩的诗心，不管这颗心有多么胆怯，有多么不合时宜，多么应该秘不示人，于己或许就是不得不如此，而且仿佛就是必须在不合时宜之时,才显示的一种"内存"的强大支撑。

　　还有外部的支持,比如那些鼓励的话,还有很多年来一些师长、师友对我一以贯之的关注,给我的热情洋溢的嘉言、关爱,对我的影响表面上也许看不出来,但暗中却深入灵魂了,等等,感谢的话叫我如何说呢? 又怎是点点滴滴可以说尽的?! 就让我以诗作为答应,还以诗朦胧还原成诗,来修一门心灵课程,行礼! 也向无尽也有尽的岁月以及所有同船共渡的人们,致以敬礼!

　　我写的一切有缘的邂逅,无缘的挥手,片刻的永驻与永远的流逝,不管技术上是如何应用:在语调或者情调上,表里之间如何转接,如何在控制中表现张力与韵味,如何在口语和不能完全口语之间,以及语言的新与旧之间所作的种种努力和把握……也许,说多了反显得笨拙,其实就是简单的一句话或者说一个词,那就是对生活的珍重,珍重在我用以造型的材料与情感上,也珍重在我所用的心机上。之所以产生费心劳神,甚至有出险入夷的感觉,也都源自这个词。

　　城市里的铁轨,常使我联想到那样的一种尽力伸展。它在阳光下灿烂,在雨后却闪着钢铁的冷光。仔细看它每个弯道都有设计,把房屋裹藏在里面,在过河时仿佛是露出水面的鱼背,轮子与导轨的契合中的每一个空隙与孔洞、螺丝,一切,构成了向远方奔驰的图画。

　　我希望,那就是我的诗歌构成。

　　但我也料定自己成不了大诗人,没那条件。按照既定标准,一必须多产;二应该题材广泛;三需时代支持,比如同样题材的东西,用诗还是用其他义体表现,个体的关乎个人情性,大面上却更关联着风尚流行……

　　我哪一条都不挨着,可就愿意挨着诗歌。到我完全老去,白发苍苍之时——到我连诗也读不动的时候,还可以看;到我连看都看不动的时候,还可以听;到我连听都听不动时,还可以记,还可以忆,还可以想……

　　就是说写诗这件事,对我来说并不需要有重要的意义支撑,如果抽去了意义它仍然值得保留,值得喜欢,值得享受,于我那就是最大的意义——再徘徊沉吟,也就是这句话了。亲爱的读者,你们大概知道这是一种怎样挣扎的文字与心灵的表现了吧? 去从那窗里向外张望,就像在那落日彩霞中却张望城市的东面,最多就是一种折射了,或者简直就是心灵的回光返照了。坦白地说,我从这面镜子里看见的自己,还是当年在小学生的队伍里扎着羊角辫的那个紧张的小女生,东张西望,也爱唧唧喳喳,走出队伍查看别人时,大睁着有些迷茫的眼睛——希望您也能回看她一眼,真诚的。

藏钱

人，似乎都有一种与生俱来的藏钱的本能。

儿子那年五岁或者六岁，确切的年龄我已经记不清了。他忽然拥有一笔属于自己的钱：压岁钱。在这以前他的压岁钱都是给我们做父母的，但那一年大家都不约而同地直接交到他的手中。想来也是从那一年开始，儿子已经略微知道钱在这个世界上的神奇作用。这是非同一般的纸头，他那时喜欢的冲锋枪和冰淇淋都得用它方能换来。

在那个冬天的下午，儿子忙忙碌碌，他一会儿打开阳台上的门，一会儿又把满屋子的抽屉一只只抽开，又一只只关上，他甚至跑到卫生间去，像古老的间谍片中的主人公一样，把抽水马桶的水箱盖子移来移去。我忍不住问他：沛沛，你在干什么？儿子起初躲躲闪闪，想坚守他自己的金融秘密，禁不住我的哄和骗，他才吞吞吐吐地告诉我：他想给压岁钱找个最最安全的地方！

也就在那个冬天的下午，我把儿子领到了我们家附近的那家银行，我告诉儿子：这是藏钱最安全的地方。你把钱藏在这里，钱还会多出来。我把身份证、印章亮给儿子看，我说，你得凭这些东西，而且得是你本人，才能取出这些钱。望着银行沉甸甸的玻璃转门、厚实锃亮的大理石地面和柜台，以及挂在墙角闪烁不停的摄像机，儿子将信将疑地认可了我的话：这是藏钱最安全的地方。

回家的路上，儿子满脸疑惑地问我：为什么我们把钱藏在这里还会多出来？它不收我们保管费吗？那次在展览馆，我们寄存一个包，还收了我们五分钱呢，而且时间只有几个钟头。

儿子把我问住了，凭着肚子里有限的金融知识，是无法向儿子讲清这是为什么的。我只能支支吾吾、躲躲闪闪想绕过儿子的"为什么"。我说妈妈小时候也不知道世界上有银行，有这样藏钱的地方。

那个冬天的下午，我肯定回忆起了另一个冬天的下午。那是和我的童年有关的，我和儿子一起回忆起了我的童年，我告诉儿子我的小姑姑藏钱的事。

寒假，我住到了我爷爷、奶奶家，那是一幢私房。小姑是爷爷、奶奶家负责买菜的，她常常能多出钱来。为了让那些多出来的钱在大家庭中有一个藏身之处，她想到了一个妙不可言的地方：用作门框的粗壮的毛竹。她在毛竹上凿了一个洞，将钱藏进洞后，再在洞口糊上一层纸。小姑的秘密没能逃过我的眼睛，或许也没能逃脱所有人的眼睛，大家只是静静地凝望那个洞的存在，就像看到一个连续剧的开头，尔后等待着它的发展和高潮。那个洞对我充满了诱惑和好奇。阳光很好的日子，我在小姑不在家的时辰，会悄悄地凝望洞口，纸在阳光下显得很薄，像一层笛膜，隐隐透出洞里的风景：绿色背景中有一艘船，那该是贰角；原野上驰着一辆拖拉机，那该是壹角；至于那开着一列轰轰隆隆火车的，该是可以买很多东西的伍角啦！

后来呢？儿子问。他很想知道这个"连续剧"的结尾，但这个"连续剧"没有结尾。在我的记忆中，只是深深地烙进一根年深月久、呈现暗红光亮的毛竹，在它的上方有一只小小的洞，小小的洞里储蓄了我童年时渴望窥探的秘密……我不知道，这小小的洞能算是银行的雏形功能吗？但我想，最早建立银行、建立钱庄之类金融机构的人，他童年的梦中，或许也有着这样那样的藏钱的去处，这样或那样的洞穴吧？然后,他把人的这种本能,这种童年情结给予了最恰当的发挥,从而造就了轰轰烈烈的金融业……

小姑奶奶为什么不存银行呢？儿子又在问。

这又是得通过回忆对比才能回答的问题。那时很穷,那时银行少,那时大家的金融意识淡漠……但我知道,我又得想办法绕过儿子的这个问题了。我说,沛沛,你知道妈妈什么时候才有了第一张存折吗?

儿子支起了他的脑袋,支起了他的耳朵。

18 岁,我说。

但 18 岁和银行的故事该是另一篇文章的题目了吧?

金色高架路

　　风从摇下一丝缝隙的车窗外吹过,可就是把车窗关上,关严实了,却依然还能感觉到那凛冽的摩擦力。有别的车辆一下子从我们的身旁蹿了过去,就像进洞的老鼠一样,倏忽间不见了踪影。或者就像有些人,有些地点,走开了,就再也无法相聚了。

　　新车,新司机,新走的路线,每个路口都像个问号,也像省略号,或者就是破折号——路是被问出来的,且越问越长,如之奈何? 两个路盲上路,路倒像从四面八方赶到了眼前,来不及看的路牌,来不及招呼的行驶标志;以至于错误的转弯,连贯得就像电视连续剧一样无法打断。也曾因为开上了单行道,只好抡圆了兜上一大圈,再开回到原来的路口,重新出发。

　　这使得作为驾驶员的儿子和作为副驾驶的我,互相埋怨,推卸责任。我说:"记得你被抱在怀里时,就在我的肩上为我指路了!"此话,似乎还没有说到位,我仍意犹未尽地作了补充:"因为是左撇子,方向感自然就坏到没法说了。"儿子却只管目视前方,轰轰隆隆地一径向前开去,嘴里还不忘为自己辩白:"我是地铁一代。地下的路全熟,地上的路未必!"

　　为了安全,我已决定放下争执,脸上做出的依然是笑容,是鼓励。但这时,眼睛一定是横着来去的,不是学螃蟹,而是在辛苦看路。可周围到处都是人群、车流、广告牌……所有的颜色和声音,都仿佛呈现出一种回旋状，像湍急的漩涡，将我们团团包围。不由得心想：有一种路，也许是无法守候的，就像人生。

阴冷冬日的阳光，被道旁的水泥建筑吸走了大半，剩下的，才闪烁不定地飘浮于同样飘浮的路上。想来已是中午，我们终于无可奈何地决定，在路边店吃点东西之后，上高架去"漫游"。不管东西南北，应该总能转到家吧？

突然，一个外环的上匝道，就出现在眼前，差点儿让我惊呼起来，虽说声音肯定被自己张大的嘴巴，有意吃掉了……但我还是听到了狂乱而惊喜的心跳。这心跳声，可能也属于在迷乱中，正不知进退的汽车。我已然分不出彼此了。

儿子张牙舞爪地挥舞着手臂，画了一个空中圆圈。这意思和大小、上下、方圆，也有关系，也没关系。或只是一种表达，就像看到弯曲的村路尽头，出现了篱笆墙和炊烟。于是，也就十分容易地看到了：宁静、光明；于是，抽丝剥茧，化繁为简，简单到：就一条道走到黑了。

夕阳不知何时跳上了地平线，满城熔金，是亲切、温暖而苍茫的景象。直视时，几乎没察觉，时间短了许多，黄昏似来得早些。那像是另外一个世界，喧嚣的市声被抛在了后面，阳光变得像金子般纯净而朴素起来，一切的遮掩都不见了。作为道路的背景，层层叠叠、不同时代的楼群，排山倒海，汹涌而尾随，却呈现了比房檐底下更丰富而神秘的存在。我们看见了一切，又仿佛什么都没看见。

少年时，曾把什么都看得很大。至此后，却又把什么都渐渐看小了，包括每天升起、落下的太阳。而这会儿，我眯着眼，似乎看见火热的太阳，上了车，启动了。在光芒中奔驰，汽车就是一个可以供我们随意想象的空间。这空间，似还在不停地颤抖、扩张、开合——把太阳包容在我们的前进之中。

　　过了漫长的许久,开到了莲花南路。我才心怀迟疑、沉醉和慌乱地下车——到家了。

前世的落叶

——悼亡母

落叶去，无挽留。

在可以等待的冬天里，我已不再等待，你不归来，等，又何益？

在三年前的那一个秋天里，我的守望，或者全因一个杉字，木旁生三撇，像极了萧瑟秋风的形状。我曾一再固执地认为，你依旧坐卧不宁地在床上、窗前，在病房里，就像个等待回家的小孩子。风吹动了你的窗帘，总会从你身边路过的会有谁？

我也只是路过在你的路上，在你伤痛的路上。我不知该如何思，如何忆：静夜，思不能寐，忽坐忽起；喧嚣的白昼，却仿佛卧看行云，晃晃悠悠，直至倦极而眠。可我依然无法靠近你？不是吗？

这已是过去的故事了，也许只要长相守就好。可再好的感情，只怕落到嘈嘈杂杂的凡间，就像豆腐掉在了灰堆里——拍不得也打不得。磕磕绊绊，乃至于格格不入，最终却使得孩子们也夹在中间，左右为难了……直到有一天，你蓦然发现，是非对错，已毫无意义。

可人还得活下去，即使再折腾的人，也有折腾不了的那天——何况你从来都不想，也不愿意折腾！到那时候，想通想不通的事，都会自然消融；到那时候了吗？你仍然能够静静地微笑——这也许就是最好的幸福了。

幸福，应该是映衬出来的。我曾疑虑过：幸福，是否也可以是属于一个人的？因为这就是你，临了——或许都没有解开的疙瘩。在你走后，在反复的比较和猜想中，我已认定和肯定：最重要的是，确定自己，是否仍然拥有着爱的能力？这个，我可以一百次一千次地为你作证：你有！病后犹是。

在这里，我用了一个"犹"字，似乎就依稀带出了本不想带出的恍惚与心痛。慈颜蔼蔼，就像落叶的叶脉，我只能眼睁睁地看着：经络乱了，神气散了——在那些已经逝去的，病榻旁的日日夜夜里！

岁月就是如此无情，死之易至，老去之愁，病痛之愁，忆念之愁，千思百感，或已攒聚了这一生一世。这安能使我不伤心？可怜这窗前、床前的孤独一树，自家挨埋怨不说，也连累了院墙外马路沿上的一排行道树，连遥远的街角上的房子，也曾一并被你宣布为挡住视线的不受欢迎者。我是那样的心痛，并且绝望地感觉到了：你需要远方，需要每日一早一晚的长久眺望。

心、耳、神、意，都一再告诫着我：不要说思念了，当然，也不要再说不会忘记的话。记得，突然有一日，你就如同一个彻悟者，说着不像家常的家常话：人生不过百年，所有的得到与失去，都值得的。

这样的话，如同就在眼面前的那一片片的落叶，漫天相逢之初，我还有些摸不着头脑：秋来了吗？要去了吗？

每当我心里头满满的，你的笑容就如一团乱麻，堵住了我的话语；终究让我再三咬紧了牙关，死死含住了眼泪。而每当我心里头空空的，空得茫然、空得凄迷时，你的话，又该讲给谁听呢？

只是，为什么在看到那熟悉的水杉树的羽叶时，我依然会发痴发呆？

是的，一阵风过后，你已带走了满树的金黄，并未留下什么，残留勾连。

而伸展在你坟头上的那棵大树，绿叶经冬，却不凋谢，很像是一个没有说完的故事。

"闵行行未了"

搬家至闵行，已逾十年。

十年里，也走过、看过不少好房子、好地方——一概是主人情重，客人致谢，然后打道回府。"府"不大，落在闵行天天拔节长高的楼群里，更是毫不起眼。

年少浪漫，也曾怀抱理想，向往着五湖四海，以为最好的人生状态，或就是：流浪——甚至是奔跑着，撒着欢儿地去"流浪"。

一年又一年，可总有一天，却蓦然一惊：自己已很少主动地想跑这里跑那里了。

出公差除外，抽屉里的旅游发票、火车票、船票、飞机票，一年也找不到一张面额大、路程远的。都是小打小闹，好静不好动，脚力也一天不如一天了。走与看，或许已经没有多大的意义了，安居才是目的。河星既稀，月色自淡，就想坐在自己家的餐桌上，吃自己厨房里烧出的家常物事。

家门口的小餐馆，也算得清静自在。楼上楼下，一架木楼梯，总共加起来也就四到八张桌子。来了人，老板娘，笃笃从楼上飘逸而下，或是半倚于栏杆间，打个招呼，问候一声。平时外卖，送菜送盒饭上门的，总是店里的小弟小妹。几家"板娘"，莲步均不轻移于堂外。

店堂里大致会有三五客人，眉飞色舞状，酒微醺，人小醉，说新闻，看热闹，也算是一种常态。虽说门边景，嘴上话，却仍是漫不经心状,仍是不求深远境,可也自有其动人之处。

一条鱼,隔着一扇门,可能就是大相径庭的两种烧法。一四川,一福建;一浓重,一清淡;拳路各不相同,却东西南北,各有来头。

至于面食,店面越小,店招就越大。一个炉子,一口锅,一张桌子,店招却能包裹那一家一当,遮天蔽日的样儿,不是夸张两字能说尽的。再读上面可能让你"中招"的,牵三扯四的广告,如只惊自己一个趔趄,你就算是稳当的。

却也有不惊不乍的。偶尔,从点评网上搜到一家面店,众人皆曰可吃、好吃。有人"千里迢迢"赶去尝新,又忙着赶写好评:店面如何;服务如何;味道如何……读着,不禁食指大动,再一看地址,竟然就在家门口!

这平日里每天要走几遍的地方,实在不知道还是个藏龙卧虎的去处。

拣日不如撞日,心动不如行动,我立马噔噔噔地下楼,手点着门牌号码,直奔那里,落座,不歇气地叫唤服务员:点餐。服务员来了,可谓目不旁视,手不停顿,就因为举座我一人也。听我叙述此前过程,他不禁微微一笑,却并不做其他任何评价,可见是胸有成竹的。

油泼辣子和臊子面,齐齐地摆到桌上。浅尝辄止,只落下一个字:怕!若论起吃辣的级别,我真正的不够级。分出一大份,打包带回家。儿子是我们家里的"美食家",此后,那便成了他想念的为数不算多的食物。

家里缺了针头线脑啥的,炒菜时短了油、少了酱,他便会以"打酱油"之名,自告奋勇。"奋勇"之形容,用在此处,我以为是恰当的,缘于过去不常见。现在呢,自是因为那碗牵肠挂肚的热面。但吃着吃着,他说可能换了师傅吧? 或者说今天老板心情不好;或者说人太多,所以……这其实也是小店特色,变化无常,随性随情。

门口的一条小路，却清晰笔直，毫不蜿蜒。

就像这里所有的路名所提示的，一个"罗"字，网罗了一个偌大的社区。罗秀、罗阳、罗锦……纵横辐辏，疏而不漏，把当年的田野和阡陌，逐渐织成一幅最细密的城市路线图。

周围的房子日见其新，房价也一路看涨。投资客看的也许是投资空间，价格上涨或是下跌？可对于我这样的住户来说，感受不到的存在，或才是真的存在。比如：地上毛茸茸的，不尽是草。天上干净、辽远，恍惚间觉得自家的窗口，竟紧贴着蓝天。这些楼房和道路，就像庄稼地，谁知道已有多少茬庄稼熟过了，谁知道已有多少农人荷锄而归了？

可一低头，四下里，磕头碰脑的尽是些昂首阔步、满面匆忙，还有些搔首弄姿的年轻人，他们来自全国各地，四面八方。

这里，多像给他们开的一扇大窗，一座大展台，一个足可以歇脚的大地方。

有一次深夜从浦东打的回家，快下车时，司机突然说：啊，这里有很多张江人，每天拼车，据说可拼一个小车队，早出晚归地来往于张江和这里的小区。

我想不明白，为什么张江的年轻人，要像候鸟一样，辛苦地穿梭于上海的大半个市区。非得住在这里吗？有什么样的理由呢？正因为出于常情之外，这就能引起我的遐想。

也因为是遐想，所以就美好。

我以为：生活得美丽一些，轻松一些，怡然自得一些，也许就够了。

问儿子对闵行印象如何？他随口一说："闵行行未了"，这话也许有些故作惊人了。

沧海如何变桑田

据说丁乙是第一个到莫干山路开画室的画家。上海的莫干山路，从名不见经传，到如今的蔚为壮观，"第一个吃螃蟹"的丁乙的引领作用，是很多人都称赞的。被人美誉的"莫干山路50号"，我是近日，因为其他朋友的撺掇，才起念"去看看"。当然，他和它都已声名远播。

不过，在我们的中学时代，我就开始读他的画了。当时他只是个爱画的青涩少年，还不是著名画家丁乙。因"我的朋友胡适"这一说法之滥觞，本不敢攀附，但细究之下，似乎还是有资格如此夸耀："我的朋友丁乙!"谁叫我们曾经是控江中学高二文科班的同班同学，而且是前后座位。而我的后脑勺，也确实有福。同学一年，始终就在一双眯起的眼中——或如其他事物一样，就此转化成"十字"了?

后来在大学里再见到他，见他戴了似有"五四"知识分子风格样式的眼镜，披着长发，觉得更像画家了，但始终没想起来问的是：眼睛怎样?

在他的虹桥路租住的画室外，是田埂小路，是菜田，而"画室"本身也就是农舍。那时，我常和一些不相干的人，去"骚扰"他。不相干，指的是丁乙和我们，我们中间有文学杂志的编辑，有报纸记者，也有大学中文系的教师。我们原本只说诗文，而不及画艺。可我们为什么，偏偏要去丁乙的画室呢? 却实在说不明白了。不相干，而互相往来,或就是缘分,名之曰:"朋友"。所谓朋友,不一定合情合意,但一定是互相理解;不一定形影不离,但一定是相惜相敬;不一定锦上添花,但一定是雪中送炭;不一定常常联络,但一定是放在心上的。

有一次我们不请自到,这本是经常的事——兴致所至,兴尽而归。当这一行人迤逦走在菜花香里,就迎头撞见了丁乙那个扛着锄头的房东。那时,他和我们已然是熟人了。有一次,他趁丁乙不注意,曾悄悄问我:"迭个男小人,画介许多'格子布',伊是不是纺织厂的设计师?"我答:"还不是正式的。"老人还很同情地说了"只要努力"之类的话。或者只有这个一脸沧桑的老农,看见整日整夜地埋头于"格子布"耕耘的丁乙,才会如此担心他是否没有工作。不知父亲一般慈祥的他,是否已提醒过:也许可以去纺织厂找活干。

可此一回,老人扔下一句话:"伊去寻构思了!"一掉头,嘎嘣走了。我们几个自诩以文字为职业的人,面面相觑,竟一时回不过神来。何谓"构思"? 在这田间地头,当那几位,齐齐地把困惑的眼神投向我时,我也不知所措。回答说:我无法解释,只能说它可能是一个隐喻。

当然,我们就此"拷问"了始作俑者。丁乙依旧像当年的腼腆少年,搓着颜料斑斑的手,盈盈笑着说:"说多了,他就记住了啊。"又说:"他可能并不真的知道,什么是'构思',我去做什么了,所以才那么紧张的……"啊啊,于是释然。

可第二个问题接踵而至,我们异口同声道:"你那'格子布'还需要'构思'吗?"此一刻,仿佛吹笛击鼓,喧声重叠。也许,我们这样的朋友真的要不得。但这话才真的就把他问住了,他居然静默,没接话。

我们是"群攻",而他则属一个人的"独守";我们是外行,而他是内行。但外行的话,也可能会引出内行人的思考。不会人人都是内行,而画家所面对的,大多还是如我们一般的外行吧?! 他却并不马上答话,或更表现出他对这个问题的关注。

但仅仅如此,应该还不足以说明其"严重性"。后来,我竟收到了他极其郑重其事的书面回答:一封信。一二三四,他在那里面罗列了几十条有关他的"格子布"的创作手记。他一度曾向很多画家"致敬",其中的很多人,至今已被我淡忘。但丁乙的意思,可能也不是要我永远记住他们。他自己也不断地改变着他致敬的对象——按现在的叫法,或应该称为"偶像"的那些人。而他则是一条远大而自由的河,那些,或只是他的路标或航标。是用来界定他自己的流向和旅程的。

就像达利在成名之前,几乎临摹了所有在他之前存在的大师名作。而丁乙,也不是一蹴而就"格子布"的。之前,我们看到过他用国画的笔,画花鸟山水;用油画的笔,画城市、乡村风景,甚而天地、人物,甚而领袖……在见过了这些无所不包的具象画之后,它们的造型的准确性,让一个保守而顽固的朋友,即使在丁乙已经成就了"抽象画"的鼎鼎大名的今天,见了他,犹自狂轰滥炸,不依不饶:"为什么不坚持那个路数? 或者……"或者——我们也不知道,丁乙或许也不知道,那样子的将来,会是怎样。

我看丁乙的变化,主要在于他的"眼睛"。这种独特之"看",不在于他看到什么,而在于他看世界和看自己所站的位置。我所说的,当然不仅是一种"看",而是别的什么了。每一个"格子",或者像另一些人嘴里念着的"十字",或者如他自己庄重称呼的那样:"十示"……对我们以往的习惯来说,那都是一种"异常"。但他很"平常"的,就把"异常"弄成了一支队伍,一个系列,排挞而出了:却并不是如雷贯耳,或几曾相识,或梦魂牵绕;它们仿佛只是在墙上,静静地凝视着,可也无声地向我们诉说着:昨日、今日、明日。

　　虽不说老庄,而老庄之精神存焉;也不谈孔孟,但孔孟之面目若隐若现。它端正,却绝不雷同;它飘忽,但又仿佛整齐有序;它不争不抢,又自然错落;甚至在一个平面里,都可以看出很多影影绰绰的层次。这就像在清醒的生活里,投放了冉冉的梦意。而从梦呓的角度看,又似乎剥离了我们在日常生活中,表面所见的繁杂。因此,才可能去发现另外一个世界、一种面目、一种未曾见过的神情。

　　我们最初先是浏览,不久是静观,再后是细品,不知不觉,已被一种无形的力量抓住了。难能可贵的是,这一切的一切,还生生有息,能如股票一样地或进或出,或"对敲"。

　　诗有大开大阖之说,而我的眼睛,并不知何谓"大开大阖"。近视之后,近年来无奈又"老光"了。但我也千真万确地看清了:丁乙比谁都更像丁乙,丁乙也就成了丁乙了。带着笔触的力量,带着淡定,也带着波涛汹涌……他不再是那个稚嫩的丁荣了,那个我不能不提及而且首先应该提及的同学的名字。而这"沧海变桑田"的"魔幻",当然决非率尔可至。作为老同学和老朋友,俺真是打心眼里佩服得紧。

"啊咿嗬"

　　家住的小区附近,还有个在建楼盘,或者是几个,迤逦成一片。花花绿绿的楼台,高架路,飞驰的汽车,在搅拌机的轰鸣声中,连成了一个感觉的整体——只把一个"吵"字,在耳畔生发得没完没了。

　　有挺长一段时间,每当暮色四合时分,从那十几层楼高的脚手架上,会发出一声仿佛是"啊咿嗬"的喊叫。这一声,总听不出是四川音,还是山东腔;因为持续的时间,一般不会太长,也就在十几秒,甚至更短。但那喊声,从十几层楼的高度自上而下,向着密布楼岭道谷的城市空间,倾泻流淌的时候,确实就有了一种荡气回肠的效果。如果你熟悉西北高原上的信天游,或是锡林郭勒草原上的蒙古长调的话,那声喊叫,听起来或许就有着类似的"韵致"了。它沙哑、粗犷、高昂,如同烈马在被鞭打时爆发的那一声嘶鸣。它像鹰隼一般尖锐地冲向云霄,然后蓦然停顿。如同鹰隼在云端的敛翅一样,在浓重的霞色里,它收拢了一个响亮的句号。

　　这一声酣畅淋漓、不明所以的"啊咿嗬",不禁让我猜想:它来自一位曾与大自然厮守过许多时光的民工。他在家乡的湍急的河流里放淌木排时,发出过这样的喊叫;在平川地的辽阔中,吆喝一只归家的牧羊犬时,发出过这样的喊叫;或是隔着一个山头,与他心爱的村姑倾诉衷肠时,发出过这样的喊叫……无疑,是大自然广袤的空间孕育了这一声喊叫。

这一声"啊咿嗬",无意中也就寓示着,与大自然息息相关的生活方式:需要吼一声"啊咿嗬"时,就发出那一声"啊咿嗬"!同时,它也构成了一种心态,一种心理习惯:面对生活中的喜悦、艰难、困顿,以一声无比响亮的"啊咿嗬",来抒发、抗争和宣泄。

我不知道发出这一声"啊咿嗬"的人,究竟有多大年纪。在十几层楼的高度之上,密密匝匝的篱笆一样的脚手架,吞没了他的身影。在一个非常纯粹的、被大自然的山川孕育滋润过的"啊咿嗬"声中,你是无法辨别声音的年龄的。就如同帕瓦罗蒂泛着金属光泽的美声,没有皱纹一样。

我喜欢上了薄暮,我知道薄暮在乡村,就是喊叫发生得最频繁的时分。晚炊的烟火就在"啊咿嗬"中袅袅升腾起来了……在我的喜欢中,我说不清我寄寓了什么,至少我愿意相信即使一声连一声的"啊咿嗬"合唱,也并无碍宁静。

一日复一日,机器的噪音仍在喧响,那声"啊咿嗬"却突然消失了。消失,也是必需的。偶然听说我的一些邻居,联名写信给居委会,对那一声"啊咿嗬",发出了抗议。但"啊咿嗬"的消失,是否与这封信有关,我就不得而知了。

我轻轻"啊"了一声之后,就把后面的两个音节果断地吃掉了。在城市中出生和长大的我,也时时刻刻总被城市教导着:无论发生什么,不要喊叫,城市拒绝喊叫!

人有病，天知否

耳边听到不止一位老头老太，叨叨，嘀咕，抱怨，感叹，甚至发出了哭腔：真不想去医院了——理由是太拥挤，太嘈杂；或者是太紧张，太受累；有的脾气大的，或受了委屈的，竟说是受气去的；还有的说：乱花钱，乱搜乱查，又说不出所以然……

专业壁垒或许是障碍产生的重要原因，而医生们太忙顾不上详细解释，也是现实。我就经历过，一路长队终于排到跟前，终于轮到自己可以陈述了，可积攒的那些病痛还未一一指认，"法官"那厢却面无表情，只一锤响亮落下，去做某某某检查吧……医院的机器都是勤勉的，可要把检查单上已列成套餐的项目一一查清，我以为颇为不易。还发生过这样的情况，在检阅这些检查结果时，医生说打印时漏了页码，后来却怎么也找不到了。年轻的医生于是果断处置：算了。我却疑心，结果或就在那没有漏检，却漏了打印的项目里。坚持再查，果然还是无果，也就是说，这整个一套检查都是白费的。拿医生的话说：我们排除了隐患。可生命里的隐患又何其多也？又哪能尽数靠机器排除呢？

医学作为治病之学，可追溯到人类蒙昧时期的巫术。病也是如神魔一样，可以被一句咒语，甚至一个表情、一个意念吓退或驱使的。战国《管子·权修篇》中有"上恃龟筮，好用巫毉"等字句，可作例证。关于"毉"字的来源，我曾专门查过《说文解字》，释文中有两条很有意思。一说是引王育的话,即为病人所发出的"YIYI"的呻吟声;第二说:"医,盛弓弩矢器也。"即盛箭的工具是也。读音是"YI",也就是箭击中靶子的声音。无论是前者:病人的呻吟;还是后者:医者医术——在一个字的合成里,可谓意绪多端,但又潜心内转,脉络贯通,浑成自然之真了。

本来嘛,俗话说得好:人吃五谷杂粮,哪有不得病的? 而寿星施蛰存先生曾作解语:上帝给每个人准备了一张病历卡……说着说着,他竟说到了生病的好处,通常的意思一些人已经说滥了,不说也罢。但有一种意思却让我永远难忘——近百岁的年纪,久病成无所谓的态度,却还感叹生命的奥秘仍然不知道。称之为达观? 是也! 别有一种生命的欢喜吗? 我还不能肯定。

最近枕边读一本《百姓医典》,仅看夏日炎炎怎么处,冬三月的"生机潜伏,阳气内藏"一节,就觉得人生是长了。知足保和、"独善其身"的想法也油然而生;而书中所列那么多的病痛,却又都是常见的:从出生到衰老,从正常到疾病,从预防到治疗,从躯体到心理,几乎都囊括了。如同世象,那或就是人世之"深"了吧?

此书主编之一杨秉辉先生曾在一次文人聚会中忽作正色,娓娓而道及他做医学科普的动机:生活方式病乃至生活方式癌,如迅雷不及掩耳,已经袭击了刚刚"脱贫"的我们;《黄帝内经》上就记述过的肿瘤,现代医学不但没有攻克,还有愈演愈烈之势。而癌症和其他现代病,本是可以预防的……

医院还是要去的,而且还得亲自去。在此事上,即使如父子、母女,也不能互相替代。但有此一册在手,似可作导览,什么情况找哪里,心里有谱。欣闻此次上海书展,杨秉辉先生将携此书与读者见面并继续"布道",我不能不去。而一位老友从来不凑趣,此次却言之凿凿,牙缝里用力挤出两字:同学!

老同学　小同学

　　小时，不姓时，但因长得矮小、短矬，就像表盘里的时针，所以得名。进大学时，她是全年级女生中最小的。

　　进教室时，两根细细的、搭着肩的小辫子，手一撩，就甩到了脑后。只见黄黄的刘海齐眉，眼睛小小、嘴唇薄薄，似没有血色——大概齐，就是一副营养不良、没长开的模样。

　　因为个子小，小时走路极轻快。下课铃响时，一个"老同学"，大嗓门哇啦哇啦的，高喊小时！我听见小时在她身后漫应着。等这位在家已是孩子妈的女生，循声转过去，小时已转了几圈，却仍在她的身后低低嗯了一声……此时，一双小手往上举起，摁住那双正笨拙腾挪中的"象腿"，轻声轻气地说："你别动，我来！"身高、块头大的那位，收脚，低头，一分钟后，才终于和小时的目光接上。

　　高胖的"孩子妈"，摇着身子，波涛汹涌般哈哈大笑；小时呢，愢愢窣窣地晃着小脑袋、小辫子，也笑了。

　　照若干年后继续"增肥"的该女生描述（当年三十多岁），小时当年（十六岁，说是早读书）的体格，是未成年人无疑。而隔着三十年的时光，不比划还好，这样、那样地比划几下后，小时——无疑就被她比划成侏儒了。

　　还记得一班女生一块逛南京路的那次。人来人往的人潮中，时不时有人突然想起了："小时呢？小时不见了……"于是大家停步，直到从人堆里找出小时为止。

种种,均可见当时小时之小,也可见 20 世纪 80 年代大学校园的奇特景观:未成年人和当爹当妈的(甚至是四个孩子的爹),同坐一个课堂学习,我们就是"同学"——真的,却一点都不像真的。

我是应届生,也算是"小同学"。在食堂、宿舍里,对年长的同学礼让三分,那是必需的。也时常被"老同学"无微不至地教导着。比如某次节前,一位大姐同学拍拍我的脑袋,说:该去烫头发了! 我欣然应命,人生第一次,烫了个"鸡窝头",还照了相回来。再有,哪天,哪位大哥同学勒着脖子,挥洒着浑厚的低音,言简意赅地指点说:"某某,什么书你该读的,写个笔记……"我点头,直奔图书馆,顺便把他需要的资料也整理、抄录下来,一并递上。无论如何,他们都是用功的,会生活,懂得学习,亦师亦友的"老同学"。

本来大学课堂,不像中学,有座位表。但在讲台前几排落座,却很少发声的,一般总是我们这些"小同学"。小时在前,我在后……默然而手不停顿地记笔记,眼珠子滴溜溜地在老师和"老同学"的课堂交流、甚而是严肃的辩论中来来回回地转着。有个风格特异、倚老卖老的"老同学",抽烟、喝酒、打扑克;就在我的后排,有他虽没有记号、但固定的"宝座"。他坐下时,谁都不看,也不打招呼。不管"小同学"看他不看他,他都一概不看人,只看座。有一次却在我的背后,连"喂"了几声,怕怕的,我慢慢转过头——原来他只是要问我借一下笔记。

我和小时们,也未尝不会"倚小卖小"。比如赖上带薪读书的"老同学",要人请客。人不大,可都太能吃。一顿吃三块大排,现在看是反常,可在当时只觉得吃不够。我在那四年里,又长了两公分半。而小时更不得了,猛蹿起个儿来了。老给她吃偏食的"孩子妈"同学,曾叹道:"要在解放前,我一准可以生出个小时来!"很显然,在"孩子妈"

同学诸如饮食的关照中,就有母爱。毕业时,小时已比我反高出半个头了。

"小时"这个名号,至此就永远只留在我们同学之间。时日倥偬,每每想起小时,我也就一特刮子地想起了那时歌里唱的"我们八十年代的年轻人"……

哦,"老同学"、"小同学",你们可都好吗?

无声风铃

它的存在本身是一个优美的古典悖论：它依赖充满动感的风而显示它存在的价值。它歌唱，而我们所有的人，都听得懂它的歌唱。在阿尔卑斯山山谷，在杏花春雨的江南或雁鸣长空的蓟北，它和教堂的钟声一起歌唱，或是垂荡于佛寺的塔檐之下，或垂荡于青砖黑瓦的农家屋檐下，和红辣椒、青玉米混合在一起摇曳歌唱。它充满动态的存在，却制造了一种静态之美。

然而，它正在消失，我是说它以一种悖论的形式而存在的意义，正在消失。不知从哪一天早晨醒来，我忽然在城市沿街铺开的地摊上，发现了许多风铃。风很大，湿润而富有生机，但风铃却并没有发出它们祖先的声音。可以说，它们有着风铃的形状，却没有风铃的内容。它们是塑料的。它们全部诉诸了人们的视觉，但却排斥了人们的听觉。

一个七八岁的女孩，缠着她妈买了个风铃。女孩其实并不知道这就是风铃，她说：妈妈，这花真好看呀！

但并非所有的风铃都消失了它的发声功能。在我的一个朋友家里，我见到一个真正的紫铜铸造的风铃。就像一个孩子在等待母亲的爱抚；像一排黑白琴键，等待一双纤纤素手的打击；像七宝楼台，它的高高低低的每一个窗口，都在等待长长远远、苍苍茫茫的，呼啸而来呼啸而去的山风或海风，或者是正在平原上四面八方散漫游荡的风……跑得了这个就跑不了那个呀！也许都不必等风儿聚成团儿，结成块儿，哪怕再细再碎再不定的，如游丝般的，若有似无的风，只要打这儿一过，不想碰响也碰响啦，只丁零一声，即此全副精神呼之皆出，五官皆活也。

　　然而却不会有风光临它所悬挂的这个房间了。紧闭的门窗和性能精良的空调，使四壁寂然。也许，这就是无声的宁静了，宁静得以至于威风凛凛——虽说也凛凛，但此"风"毕竟不是那"风"，而无法吹动起，那古典的、含蓄的清清冷冷之宁静了。至于它竟和塑料风铃一样，作用于城市的视觉，却不是听觉，气质上定会起了大变化——假如它本来也具备某种特定的气质的话，我便可以断然认定。也因此，我的耳道因为长久的焦灼的期待与呼唤，而感受了沉默经年之幽幽"痛苦"。

　　"为什么不把它挂到阳台上去呢?"我问朋友。

　　朋友愕然。她快速"刷新"着本来就很分明的眼黑眼白，不解地望着、瞪着我："我能听得到吗？它如果发出声音，我能听得到吗？你听——"她一个箭步，去打开了通向阳台的双层玻璃长窗。

　　我听到的是：此起彼伏的汽车喇叭声，以及一辆载重卡车轮胎突然爆裂的"哔叭"声;还有打桩机沉闷的轰隆声，和一声不知是女人还是孩子的尖叫声……

　　那一刻，曾经，我们面面相觑，沉默良久。

山还在那里？

总经过一家旅行社。它门面不大，有两扇厚重的玻璃门。毗邻的一家店正在大兴土木，装修店堂。只知道它已变过几回招牌，现在不知道又要改成什么，想必是一桩更赚钱的买卖。

我喜欢旅行社的玻璃门上，水牌一样标着的价目表。大自然的山水，像醋熘鳝背、蒜茸扇贝、本帮腌笃鲜一样，在这里待价而沽：九龙山一日游，龙虎山三日游……心在这时悄悄启程，想漓江上的一叶渔舟该是怎样轻盈，想武夷山的毛竹剑戟一般戳破天幕，还蓦然想起了武夷山的……蛇！总想起那些山那些水，是有灵性的，若是它们知道自己在城市中被拍卖，该做如何感想？

流连久了，也会看到些无头无尾，或是掐头去尾的故事来。

见过一位老人，颤颤巍巍地走到旅行社一位小姐那儿，递上一沓钱，说是要到武夷山去。小姐放下手中正玩着的手机，说："就你一个人吗？"老人说："一人。"小姐说："不行。"老人说："为什么？"小姐说："赔不起。"老人说："怎么赔不起？"小姐说："七老八十的，你要有个三长两短的，我们是赔你命，还是赔你钱呀！"说完，头再也不抬，继续玩她的掌上游戏。

只见老人的嘴唇哆嗦起来，额角上的青筋也就像武夷山的蛇那样蠕动起来。他想说什么吧？他想说什么呢？但他终于什么也没说，扭转身依旧颤颤巍巍地走了，走了……

谁拥有武夷山呢？瞧着老人黯然的背影，我想。是旅行社？或者是这位正在游戏机上打打杀杀的小姐？他们把武夷山标上个几百大子儿的价码，武夷山就是属于他们的了？或者是那个一心想着武夷山的那个老人的？他在年逾古稀的高龄，为何要如此执著，孤身一人到武夷山去呢？是还乡？还愿？去追寻他记忆的一部分？或者是念天地之悠悠，独怆然而涕下吗……那一刻，目光灼灼，实可珍贵，却难能追索了。

过了一些时日，这家小小的旅行社竟也如黄鹤一去不复返了。隔壁那家，吹口气的功夫，忽然就做大了，"大鱼吃小鱼"了！哪怕这"小鱼"只是些许的纸上山水，只是播撒些关于"秦时明月汉时关"之类的纷纭意象———似这般，仿佛也全不在意了。

而那个总在玩游戏、总是换装扮的小姐，连那样的渺渺茫茫的一瞥，忽然也就此不见了！

乱糟糟中，见到"某某名厨料理"的广告标语，一路铺展过来，端的是"雄赳赳，气昂昂"的气概。那字如斗大，至少比那时的"九龙山一日游"大得多了，远看是魏碑，近看似仿宋。

听说人的眼睛运动，可以反映好几种思维类型，向左上方看，会回忆起过去的景象；再向右上方看，会创造出新的景象……

我现在开始做眼保健操。从左上方向右上方转移视线，那样会消除郁闷，获得快乐吗？或者那只是我，一厢情愿的，眼与心的蠢动、乱动与盲动？

"山还在那里？"有回答说："当然。"那其实只是我，一个人的自言自语。

两个外婆

我没见过外婆。母亲幼年失怙，所以一辈子都在忆念自己的母亲，也就是我的外婆。单单只说白和高，这样的话就重复了几十年。

"白"或是客观描述，妈也常说自己是一白遮百丑。"高"恐未必，我很怀疑是她童年视角所致。她是在白日梦里，也许我们原都在梦里，我笑自己：日子昏昏，外婆走的时候，母亲才七八岁。

若干年后，在病床上，妈招手要我走近："昨晚我梦见了你外婆，她真高……"梦一般的，喃喃。一时，我真说不出话来，是因她的样子依恋如孩童。

上小学后的寒假，我常住在外公那里，问起死去的外婆，他从未答话。转头，弯腰驼背，动作突然迟缓……据说外公外婆是十五六岁上成的婚，算少年夫妻未白头。

我真正能回忆的，应该是同一幢楼里的外婆。孩子们若不张家金家带前缀地叫外婆，必是叫的同一个。她姓什么，仿佛无人知道，也无须知道。因为只要唤作外婆，便人人都知道。连她女儿女婿也随众，屋里屋外只叫外婆。

时下流行一句话：女人就是一种态度。可她的态度，啧啧，我说不明白。

外婆的女婿人称"小无锡"，他家应该是无锡人氏。而以小呼之，除了表明他在丈母娘家中的地位，无他。每天夜饭后，女儿女婿丈母娘,穿戴整齐漫步在绿荫道上,成为很多人记忆里奇特的一景。此景中,最奇的是女婿走在中间,一左一右,双臂挽着母女缓行(不少人看她们却只以为是姐妹)。

晚风拂拂,仿佛神仙中人:见熟人皆颔首微笑,坦然、从容。

外婆家与我家贴隔壁。门敞开,门口挂一布帘,上不及天,下不落地,挡眼而已。我等小孩,在帘下来回进出,未听见叱骂,还常有糖果招呼。

一屋子雕花家具,连痰盂架上都缠着盘枝莲,属苏作的精细。房间不大,不见一星灰尘,或许因为东西多,倒显得暗沉沉。

有个外孙,年纪像比我大十多岁,脚步不出声地走进来……他问外婆安好。惭愧,那时我只对外婆的点心感兴趣。外孙女小名平平,高出我一头。小大人似的,围着围裙,戴袖套。我们承欢膝下时,见平平手里拿着抹布,从桌子仔细抹到椅子、凳子……辄起身,让过去,也让过来。外婆却从不叫外孙女歇会儿、吃点啥,怪!

拉我的小妹入怀,她赞:"真像我们家的人!"就有人忽把眼珠一横,脖子一梗,摔门跑出去了。大家笑:"吃醋了……"座中只外婆不笑,后来她说平平的教育,我没听完,便被同学喊走,也罢。

外婆喜国画,黄花梨的桌子上,日常摆着许多小碟:朱砂、藤黄、青、蓝……画的是山水。并没见她留下画作,四壁也不见张挂,悄悄卖钱了吗?此说纯属我瞎猜,只因她的钱袋松。不像我家,每到月底,更紧。妈脸皮薄,借钱总派我去,我也总能完成任务;还钱,自然还是我。外婆眯细眼看看,数也不数,便扔一小屉中,却回身给我拿一块米糖或柿饼,让我雀跃而归。

平平妈会水粉和素描。成立向阳院,大门上要有宣传画。写字,大家推举了另一家的爷爷,他颤颤爬上梯子,小的们在底下扶着,递颜料桶,帮着换笔等,忙乱成一团。

秘密阳光 41

画向日葵，非平平妈不可。可外婆说：太高。顺手就拿起一张纸，绞了样子，叫人去描。尔后，抱着大猫仰头看景，她用手指代笔，在猫背上轻轻勾勒，说这线条如何才有绵柔意，那籽儿不可太明晰……急得平平妈连声喊："不要听她！"

我听。有一阵我常把绣活拿到她家做，她从不做女红，却娓娓道来：这里密，那里疏，一路说配色和针法，也是最明白不过。我的技艺因此而长进，仿佛有点名堂。慢慢的，还能赚钱贴补家用，妈的脸上明显多了笑。

莫测外婆高深的，该不止我一人。

传说她撮其要，形其神的话，不意传成了某人的外号，被堵着门吵闹。她只问："我用脏字了？没……"

那话，实乃三个字，点评却成了点破！

山水小卷 ▸▸▸

当美丽穿越了时空

东晋文学家干宝,曾在《搜神记》中,只用了淡淡几笔说它:"豫章新喻县男子,见田中有六七女,皆衣毛衣,不知是鸟。匍匐往,得其一女所解毛衣,取藏之。即往就诸鸟,诸鸟各飞去。一鸟独不得去,男子取以为妇。生三女。其母后使女问父,知衣在积稻下,得之,衣而飞去。后复以迎三女,女亦得飞去。"

从"不知"然后"知";由"得"而"不得",又由"得之"而"亦得",其中过程,有波澜,有曲折。而干宝所使用的信口而出,率然天真般,却又并不一泻而出的口吻,也仿佛是我在这一路上过目而走心的话语断续。

豫章乃江西的旧名,新喻如今叫做新余。新余仙女湖,当然得名于此则神话。虽然大小仙女已不知何处去了,豫章新喻男,也不知在此经历了几世几代,几千载。时光恍惚,山光、水色、小岛,却仍浑然不觉。看我摇荡的眼波,既像贴着地面伸延,却仿佛还倒映了广大的天空。"天际线"与"水际线",大概就这样相连与交错了吧。

山峦重重叠叠,却又都不险要。青螺似的一座座小山,不峻拔,不伟岸,可当路引路、路转路时,这才让我们真正知道了山之深、山之幽。此地多松、樟、油茶等,红泥中盘根错节的,常常不知是一棵树,还是多棵树,皆一堆堆尽抱成了树团。而哗哗流淌的瀑布,一溜大大小小,像布,像绸,像纱,像练,不知多多少少,过山过岩,过江过河,流逝又不流逝的样貌,或者说:是流而不逝的守望。

　　几次突然消失在眼前,又再几十次蓦然地撞入了眼帘的,除了鹭鸟,就是一股又一股横逸斜出的水。有时候,一只鸟,一道涌水,就像从胳肢窝里呼啦啦地冲出,说不清,更看不清那前后、左右、上下。

　　看这看那,目不暇接,眼眶似有开裂的隐忧。这不是目光的速度、身体的敏捷与否的问题,而是心灵如何感应的问题。

　　我自问又反问:这若隐若现的鸟,还是鸟吗? 可它难道不是吗? 这神出鬼没的水,还是水吗? 究竟是不是呢?

　　就像头顶上金黄色的银杏羽叶,一枝千叶、十枝万叶的,在晴空中袅袅地游荡着、飘荡着。这里的每一棵树,每一道天光,每一瓣浪花……似乎也都会飞,还会越飞越高,越飞越远,直至彻底消失在天尽头。

　　有人每次转头看来路时,都觉得那是一个不言的惊奇。可能,他又怕它们会在转眼间,不打招呼而倏然消失吧? 这实在是个容易让人迷失的地方。

　　以山相衬,与天相映,在水波如蛇行于脚底时,幸好,我是自己灵魂出窍的目击者:如光影般明灭不定的微风习习,一片片白羽毛般的云彩,升腾于山环水绕中;而我的脚步似乎已经离开地面,有一小会儿了,却仿佛仍是无着无落——那是徘徊而迟疑的悬浮状态。

　　当波光蔓延,翠色满眼之际,人面却迷离。

　　而当我们借用手机的微光照明,用以走林中朦胧夜路时,却听见同行中,有个女孩尖声惊呼:"山要倒下来了!"这也是"飞"起来的感觉吧? 这个"飞",当然不排斥她因胆怯而"飞",可同时,或许也包括了山"飞",水"飞",忽而昔年,忽而往古之"飞"!

　　当美丽穿越了时空,此刻,每个人可能都是"毛衣"飘飘的"仙女",那也包括了我。仙气,或于斯可观。而当仙女不在,爱仙及湖,以及青山、蓝天、松、樟、茶树,都成了我流连与称颂的对象,用金圣叹的话说,是"大获我心而去"。

有个饶舌的朋友,此一路上,零零碎碎、啰啰唆唆的,解释着所谓的"灵异"现象:"风景不可呆看,有些不符合现实为最佳。在神话那里,即为超过。超过,也就是进一步地符合了现实⋯⋯"总之,是反复申明要爱天赐,爱地赐,爱人,也爱神明。

我只有一再地点头称是,极是。

沙巴看云

　　一上一下，一起后紧跟着一跌，一抑之后再一扬。浪式起伏，波澜层出……只见，旅游大巴的左窗玻璃上，成百上千的云阵，如鸽子般自由而飞，冉冉而落。而云之队里的一朵两朵，它们毫无顾忌地在电线杆上或屋脊上随意歇，随意走。右侧，满树喷薄的红果子，像正月十五的灯笼似的，在风中摇来晃去。我看见离车窗最近的那根树枝，突然一阵颤动，也许掉下一只大到惊人的硕果？一伸手，却证实是虚拟世界。噼啪滚落的，是如精灵般晶莹的云彩。神奇啊，那些云，竟让我有了触摸的渴望。

　　车行颇为颠簸。不知是道路不平，还是驾驶技术使然？或者是那个快乐的马来司机的有意为之？他的眉宇、神色，总像是想要加入我们的谈话。而他说话时的拖腔与开车的节奏，竟完全相同，别无二致。右晃晃，左晃晃，云空就像凹进凸出的七彩雕版画，而我们就在这幅画里漫步了吧？

　　云波浩渺，那颗桑葚般的太阳，好像顽童般的，跑到这里露了一小脸；跑到那里，又引着我们再次去发现它……就好像只要与我们玩耍高兴了，也就会让我们变成彩云而追寻它了。看那一片片，正如蝴蝶般追逐着我们的身影，轻拂我们的衣衫，挽起我们的手臂……在茫茫烟水间，或正好入梦。

　　一个年轻的女孩晕车，我们笑称为"云醉"（只这一叫法，也许就充分渲染了气氛和我们的感受）。我时不时俯下身子去看护她，可看一次，就发愣一次。在云晕中，她的皮肤像个熟透的粉桃，双目微合，嘴唇鲜艳如涂抹了最炫亮的唇膏。"桃花乱落如红雨"，一次次，我都识不破的魔术！

　　杜牧在《李长吉歌诗叙》中，谓之："时花美女，不足为其色；牛鬼蛇神，不足为其虚荒诞幻也，"正切题。而小清新、小惆怅、小颓废之类的形容，却只有把"小"字，统统换成了"大"，甚而是"壮丽的"，才可能差可比拟。至于"尽态极妍"一词，只念头及此，便已五内震撼了。

　　云飞、云扬，应该都是让人心动的诗意词汇，所以才有那么多中华儿女就以此为名。也因此，生命旅程里，似乎就有了袅袅云烟的漫出、流溢……但许多好时光，也像云一般悄悄溜走了，从窗子上，从门缝里，从光洁如玉的脸蛋上……

　　一朵漂泊的美云，可能就是引游子老死他乡的诱饵。听过费翔唱"空空的行囊"，是那么曼妙，那么迷离，还那般不可及物，让我不禁联想到已逝的一切，进入一种时梦时醒的蒙眬中。

　　下车时，沙巴（马来西亚的一个州名）的太阳像金币一样发亮，可这只是具备夏日傍晚的一般特点。即便这样，如此明净的光线，在我居住的那座城市也并不多见。山翠、海蓝、红日，在亚庇（沙巴州府），面对据说是世界第八大的落日景观，我目光所及的地方，还是在天空和大海之间，云彩砸出的那一片红黄。

　　古人有诗云："云光侵履迹"，低头察看自己细小的影子，不由赞叹。风中，听云的音乐，一个诗人如此歌颂："云彩擦过大地，发出巨响……"而我真切感应到的，除此，应该还有另一个诗人的一句话："没有自然界，我不会成为一个诗人的！"（玛丽·奥立佛如是说）

台北夜市

据说台北小吃的种类及口味闻名世界,也因此造就了不少的观光夜市或夜市商圈,夜市既呈现了台北食物的多样性、出乎想象的丰富性,同时也反映了台北人的夜生活,所以那儿也成为了大多数观光客的一游之地。

辽宁街夜市上有家"冇有有",招牌特别,卤肉饭的名声据说也特别响。肥肉瘦肉切成小丁焖烧,浇上红亮的酱汁,盖在一碗白饭上端出。只是自然的原味,却有人闷着头一碗下去,摸着肚皮,喊着:再来一碗!"冇"字我专门查了字典,是"没有"的意思,但这三个字合在一起,又是何意呢?大概翻遍康熙字典也找不到正解的。此是一例,要说出台北小吃的名色,就牵涉到闽南话、客家话、福建甚或广东等各地的土话。对我来说,这便是全新的体验,是始料未及的从文字、发音,再到味觉品赏的过程——竟原来还可以从这个角度来感受台北的文化和美食——我乐此不疲,当然,也不乏同道者。

原来这里那里,都不少我这样的一个人,我们这样的一些人。虽不少不缺,但我们就是偏要挨上来。沉醉或能忘忧,放歌或聊可破闷,而小菜几碟,在裸吊的灯泡下,近近乎乎地说着话,它使我切实感受到了——自己以前失去了多少享受的时间,那或许是生命中永远不可复得的宝贵时光。

中年如我,所追求的可能也就是这样一种存在了:衣服不必多华美,首饰多一件少一件也无所谓,手指上依旧没有戴戒指,连指甲也从不彩妆修饰。论起我能做的,就是和几个人在一起,喝点什么,吃点什么,坐着说话或听音乐,目光所及,一般有个高高架起的小电视。也见到过摆放着的不知年代的老唱机,悠悠转出抒情的调子来,似乎不熟悉,可也并不太陌生。但就是那唱针尖带来的杂刺音,也是我喜欢的。本地的电视节目里称其为"夜市上的剧院",我想,本来也就是如此。精致和闲散、粗砺本来并不搭配,但在这里偏偏,却能结合起来。

总想飞往更为广阔或更有动感的天地的年轻人,穿着短袖衫,且走且吃,可我们在路上连一块瓜皮、一张包装纸都不可能踩到。垃圾筒满了,商家就在摊边挂个袋子收纳,袋子的外面照样干干净净的,更不用说如何撞上汤汤水水,油渍麻花,那样难堪的斑斑驳驳。台北人多的应是一份用心、仔细,即使是扔垃圾这样的事,也没有我们有些人那种"大撒把"的潇洒。回沪有一段时间了,却时不时觉得那好像并不是实际发生的,虽然实有其事,可离开当时当地,不知怎么倒觉得不像是真的。

至于通化街夜市,我以为很能体贴老饕们步行的疲劳度,所以可能更显得人性化。有很多商家已在此经营了数十年,打听了一下摊位费,好像不算便宜。摊主更是自叹道:贵!边叹边捉着猪肚,嗖嗖几刀,已码到碗里,过汤头,撒上种种作料……动作的敏捷和潇洒,看似表演艺术,却直吊我等食欲。

这摊位一定是能赚钱的,看食客就知道,也有略略踌躇的(如我,吃蚵仔煎和泡菜臭豆腐时业已撑饱);叫也有直击连发的,筷子就像雨点般落下,少顷,盘儿白白,已能如镜鉴,照己照人。那人应该并不知道我在看他,而我也竟忘了该礼貌地回避——虽过于直勾勾了,但其实那也是挑选美食的一条捷径。品类太多,竟也是困扰。

　　这里既有这样的露天拉风的摊位，也有既不露天也不露地的正式馆子，但店堂都不大，就显得人多拥挤，蒸气郁勃，往来如织。

　　露天的地方在夜里成市，在白天却就是通行车辆的马路。我本以为，那会是个乱得不能再乱的地方。可白天再路过此地，与别的路看着似毫无异处，说它令人愉快也可以，并不算勉强的表扬。昨夜热腾腾的景象，刚过了一宿，仿佛还在眼前晃动，其美味也仍在唇齿间勾留，我诧异的神态，或可用一字来自评，就是：呆！

嘉兴散墨

　　每次到嘉兴都是匆匆一过。离上海才一个多小时的汽车路程，所以来了就来了，去了也就去了。也因为啊，高速公路就在身边；火车站就在身边，"和谐号"也就在身边，而如若高铁通车，怕更是要以分秒计时了吧？

　　一个"闺友"中的小友，忽然买了新车，忽然就把车开到我的楼下，呼啦啦带着我们全家老小，七拉八扯说着话，少顷，车到嘉兴了。在街边的小摊，拉了一张不知是明是清的长条凳，坐上随便吃点喝点，我们也学李白的样儿，举杯邀明月；而不邀自来的，可能是从南北湖上飘来的凉薄夜雾。

　　有雾的石板路上，湿漉漉的，像刷了一层清漆。灯光晃到哪里，哪里就闪烁成一片。好似烟雨南湖、苍老运河，千古中所形成的"包浆"：处处是幽光沉静，滑熟润泽，因而也就显露了一种温存面貌。这是座开放虽早，但古风犹存的城市，在宁静的夜晚里，这种感受，似乎更鲜明、更强烈。

　　常常在嘉兴吃完早餐，才乘风归去的那位朋友，偶尔会把荷叶、桑叶、棕叶……被形形色色、新鲜碧绿包裹着的一个早晨，加之以一段热闹的手机铃声，叫醒因迟睡而抓狂的我。天哪，听听她是怎么说的："这会让日日吃泡饭或面包的人，生出一天的好心情。"

　　那些她说了名字，我却记不住的晶莹、精致，应有一个共同的名字,就叫:嘉兴。对我来说,它就像邻家女孩,天天在开门或关门的时候,只让我见到她一掠而过的匀净清亮的笑容,想起来,其实并没有好好和她对过脸。也可以说,我们既熟悉又陌生。

这么近,可又那么远。这"一竿子",竟远到了六七千年前的马家浜文化——它是长江下游太湖流域早期新石器文化的代表,中华民族古老文明的源头之一,也是我国稻作最早的起源地之一。

那年端午节期间,是我头一次在嘉兴看博物馆。俯首凝视,透明的盒子里,存放着几粒乌黑的稻谷,那一刻,差点儿就让我"怆然而涕下"了。

六七千年啊,江海波涛、刀枪烽烟……那动荡的湖海边,千古遗留的民风,还有从"庭院深深深几许"中走出的娉婷女子,应该也是那一颗颗谷种繁衍生息而生成的。之后我再品尝嘉兴的名粽"五芳斋",真正别有一番滋味在心头了。

再细读文献。汉唐以来,嘉兴发展成为中国历史上最主要的稻作区,被誉为"天下粮仓"。唐代李翰在《嘉兴屯田政纪绩》中云:"嘉禾一穰,江淮为之康;嘉禾一歉,江淮为之俭。"(见清《嘉兴府志》记载"唐·李翰的《嘉兴屯田政纪绩》")

我从不知也算常吃的糯米竟还有这许多品种:19世纪嘉兴所产的糯米品种就有:白壳、乌簑、鸡脚、虾须、蟹爪、香糯、陈糯、芦花糯、羊脂糯等三十几个品种——清·嘉兴府知府许瑶光,在重辑《嘉兴府志》卷三十三《物产》时,曾提到过。

用砰砰敲打自己脑袋的方式,我隆重呼应了上文。难怪啊,"嘉湖细点"天下闻名;也难怪这些点心物事,会勾出了身处北地的苦雨斋主人,那一位被人称作"转世老和尚"的肚里"馋虫"!

按下脑袋,再漫读闻一多先生的《端午考》。在详尽探讨了端午与五行的关系,彩丝系臂、划龙舟、吃粽子乃至守宫点臂等民俗事象的缘由之后,他郑重认定:中国的端午节是从南方吴越地区传播开来的祭祀龙图腾的民俗节日,因此可以称为龙的节日。而端午节划龙舟、吃粽子的风俗早在原始社会就有了,并且就发源于水乡吴地。

又翻《越绝书》卷十四,见述如下:伍子胥死后,吴王派人将他的尸体抛在大江口,"勇士执之,乃有遗响,发愤驰腾,气若奔马;威凌万物,归神大海;仿佛之间,音兆常在。后世称述,盖子胥水仙也。"伍相归神"水仙"之后,继而是潮神、涛神、江神。

几千年的香火缭绕中,"古今一相接,长歌怀旧游"。或者就是在这一日龙舟竞渡、"迎伍君"的喧腾人群里,我顿生了一种豪迈之想:也许像夫差、西施这样的人物,身在此刻,却也只能作为历史的一个见证人吧?

云霞飞动,变幻莫测,日日如旧,可又岁岁如新。上河浜,走拱桥,把一棵百年古树认作街头的标志性符号,因为那都是无法改易的千古山河。我们走在古意盎然的月河街上,扫扫(逛逛)街,喝喝茶。此时,正是"晴方好"、"雨亦奇"的初夏,满眼红绿黄蓝的香囊,满鼻子浓郁的粽子香……

不知是扑面而来的一切,还是竟是我自己:一双眼睛、两手两脚,忽忽便有了乘风破浪之势。俯瞰河边的苔藓,也像孩子一样,噗噗地,要从地上蹦跳起来,惺忪活泼,恍惚而有趣——可能是玩傻了,魔怔了吧? 种种看似不合理之处,也可能是缘于思古之情的撩拨所致。

此次嘉兴端午之行,我的旅游菜单上,还有几个地方,或还没去,或还没有找到——留待卜次吧,或冉冉下次,悠哉游哉游也。那些是:

1. 位于秀洲区洪合乡旗杆下村九里港上的国界桥,这是吴越两国的分界线,始建于宋代,后于嘉庆十六年重修。

2. 位于秀洲区王江泾镇的长虹桥。这是一座横跨京杭大运河的古桥梁，建于明万历三十九年至天启元年。

3. 位于梅湾街区东片，禾兴南路 73 号的朱生豪故居。夏承焘曾书赠朱生豪和宋清如这一对高足，一副恰切传神的对联："才子佳人；柴米夫妻。"一段佳话，离我们如此之近。

4. 位于市区中山路上的瓶山公园，是一个宋代酒文化遗址。关于瓶山名称的来由，据说有三种说法。

……

大名：台儿庄！

　　世上有个城市叫枣庄，世上还有个庄子就叫台(儿)，如今归属于山东枣庄市台儿庄区。就在台儿庄青石板铺就的路上，一个用力甩着粗膀子，也甩着浓重鲁南腔的山东大汉，为我指点："台儿是个小儿名，顽童加神童，却叫下江南的乾隆遇上了。皇上问地名，小儿答以自己的小名。不想，就由此得名了。"此一说，依稀可见小儿"很傻很天真"的模样，不错！

　　而另一说，也来自路遇，一个头发一把扎在脑后、学生装扮的清纯少女(此地唤作妮子)，口头禅是："也许"。她"也许"着娓娓道来："台(儿)庄跨漕渠，当南北孔道，商旅所萃，居民绕给，村镇之大，甲于一邑，俗称天下第一庄……"结论却是因地形、地貌而得名。理由其一曰："《明史·河渠志》云：'台家庄……诸处皆山冈高阜'，言此地居高。其二，古台儿庄四周天然水道纵横交错，地势低洼。每逢汛期，诸水汇集，一片汪洋，唯有台庄可免水患。鉴此，先人筑台避水而居，以台地名村，亦属顺理成章。城内至今尚有'凤凰台'、'朱台'、'金台'旧址……"

　　此两种说法固然都美好，都兴高采烈，都有一定的道理——都是，抑或都不是？果然，又出现了第三种说法："台儿"是由"泰"转音而成。啊啊，我不赘述了。

　　而"台"的名称沿用至今，实已千年以上。在唐代准提阁内的碑文上,已出现了"台家庄"的名字;明代正德年间所立的泰山庙碑文中,有"台家庄集",证明那时候已经不是普通的村庄而是颇具规模的集市。明代崇祯十二年所立的防务碑上,已使用了"台儿庄"的称谓。清代吴敬梓的小说《儒林外史》里,也提到过台儿庄。而抗日战争及以后的中国人都知道,这三个饱含着历史沧桑的字,应该还关联着另一个眉飞色舞的词:大捷! 台儿庄大捷! 有了血肉相连的五个字,台儿庄才被世人誉为"中华民族扬威不屈之地",从此才叫着得劲,说着响亮,飞扬着一股英雄气。

那是一堵残墙。不方不圆,呈锯齿状,可要比锯齿更加不规则。眼见得正面是层层叠叠的大窗户,高高而挺挺,显示出它的"前世"少说也有三层楼高……那当然该是一幢高楼中的一面墙。悬想它的原貌,放眼当时的中国大地,很可能就是那时并不多见的西式建筑之一。它是教堂? 是学校? 或者是哪个腰缠万贯的财东到西洋"驳样"建起的大豪斯(House)?

三步并作两步,我已经小跑到了欷歔着的人群前头。却不见门,因为根本就没有门。所谓窗,也就是一个个骷髅一样的窟窿。在其中的一个窟窿,却明明白白地看清楚灰白而厚实的砖石横截面,以及窟窿的另一端:那空洞洞的远方。

这就是废墟啊! 残墙、碎瓦、荒草上,一轮圆月正大而光明。顺着导游的手电所指,视线所及,尽是些无以复加,犹如马蜂窝般的累累弹孔。也许,就是战争把一面墙,从此升华成了一座碑;是炮火,才把人间的烟火,在一个瞬间,就幻变成了一件雕塑。这个"作品"的名字或就叫:生离死别!

继之,在台儿庄大战纪念馆的图片展示中,我又看到:一个当地的文化工作者手捧的一团"焦土"——据说是当年壮士的鲜血渗透到土里,后又被炮火灼烧,竟然凝结成了块! 是的,就为它,也应该重造

"殿堂"吧：供着！

"复活"以后的台儿庄古城：复活了八大建筑，风格融为了一体；比拟着当初的七十二座庙宇，再汇于一城（没数过，是感觉，也是气势）。好一座南北交融、东西合璧的文化之城——重中之重是，它完整保存了京杭大运河上的古码头、古驳岸等水工设施；留存有三公里明清时期的古运河，它被世界旅游专家称为"活着的运河"……

另外，绝不能不提的：它还是二战遗迹保存最多、最完好的纪念城市。对比同样作为世界著名的二战纪念城市，斯大林格勒却仅存了一处蛋糕房遗址；华沙也只保留了两处人造的战争遗址。而小小一个台儿庄，却有五十三处遗迹至今保存原貌，实在堪称是遗址了。

夕阳如血……抬眼，一尊石狮子，狰狞的脸上，似还有泥土嵌在眼角、齿缝里，向我直言着历史的风尘；而另一块残破的字碑，裂了，断了，差不多又重新还原成一块女娲补天之石了吧？可是，碑中央最端肃的两个繁体大字："臺莊"——四角方正、闪着光，默默地逼将过来，像是在叫我走近些，再近些！而碑边上的一行颜体阴刻小字，此刻也就直直地映入了我的眼帘，上书："兵部尚书兼都察院右副节御使"……

是它们，时间与空间，让我觉得又可以还自己以生命了。

而纵横交错，有着七公里长的水街水巷，以及一脉古老运河的悠悠水波，合拍着历史的心跳，反反复复、重击重打的，是我这个远来过客所谓的散淡"游心"。

一次午夜朦胧中，从"千里走单骑"酒吧，走回到"马可·波罗"驿站，就好像走在光影斑驳的梦中。我想说的其实只有：本就是一个遥迢的梦，虽然曾经被毁、消失，可现在又重新入梦了。

或者，从某种意义上，仿佛也可以说：台儿庄，就是一个精神性的名称。因为它既近在眼前，又远在了天边。上帝与撒旦曾在这座城市博弈过,所以,它既是焦点,也就是宏大的,因此而具有了一种伟大的象征意义:我们只管把所有的景象投放进去,大些、再大些——那就是世界的舞台!

好客的台儿庄朋友,拿起了餐桌上瓶器如子弹头、瓶身有"1938年"淋漓的红色所标注的酒(当然不是酒的年份)。可我刚刚举杯就唇,它便"子弹"一样呼啸飞起,那样炽烈,那样火爆!顿时,血管里好像开打了"保卫战";咆哮,咔咔折骨,嘭嘭碎心……

不由得高声叫出:"大名:台儿庄!"

游心之心

　　最近杂事缠身，没有时间，仿佛也没有心情出门。看自己过去在风景名胜处的那种仓促留影，便是近来的休息方式。在电影电视中看到自己去过的地方，仿佛也是颇有会心：山水风光，旧院荒台，舟人指点的情景种种，隐约可见，虚而却实……本来这也是极平常的情景，是很多人生活中平常的一部分，似可说多少浮世的安慰与精神的疗养尽在其中。

　　在缅甸夜晚的小街上，饿得只想找食吃，但匆匆忙忙又总是停不下脚步，也许就因为我是游客——人在某一种角色中，表现的就是角色的内容。还是在缅甸，在记不得名字不知凡几的佛寺里，僧侣不换气地念着经文，我们进去又出来，空气中有着异国的檀香味，叫人恍恍惚惚的，就连四周，再走远些的稻田上都似乎有此种感觉的气息缠绕。脱了鞋才能爬的，擦拭干净得似乎不染尘埃的木梯；男人也穿着的缅式裙袍，还有那种鲜明耀眼并且散发着浓香的缅桂花……在记忆里都有了自己的定位，回不去了。它们究竟是属于缅甸，还是只属于我个人，其实我也不清楚。

　　游客都有一颗驿动的心，这话一点也没错。就在我们骋目游心，对桃红柳绿或者柳绿桃红首尾不能相顾之时，其实我们正在接触的正是生活的本相，种种可能性与种种可能的遗漏同在，再漫长的旅行也莫不如此吧。而被浪费的路程就像所有被浪费的青春一样，原就是应该用来"浪费"的——解不出此话的人，我以为不能共语。

四边看看，即使仍同上班一样赶路，但在陌生的地域陌生的景致里，人就像在画中，因为不真实而真实。每每在很多旅游胜地的各种地方，都能看到游客们或笨拙或飘逸潇洒的留名。中国的有，外国的也有，此种举止当然很滑稽，但对于留名者来说，这样的执着也许全在于那点真实感？抑或反之——不真实感的体现？

香港的青年游客们在云南的高黎贡山上，车载人背，带来了大量的高级装备，用来观鸟，无论雾雨，无论早晚，吃罐头食品睡帐篷，他们一待就是半个月。鸟来鸟去，不为无因，人自己却是"巧目"（加上许多镜头）盼兮，对之鸟翼翼然，此种乐趣其实不足为外人道也。而来自台湾的太太们，在云南的另一座边陲小城的宾馆里，几天几夜挑灯做昼夜战，大砌"长城"，对麻将之道甘之如饴的态度，真的是如愿以偿了。换景而不换生活内容，别人也无可厚非。兴致勃勃来了，随处都是遇合，随处也就若有所得，随处也就都是风景。其实也并不求人知道，所谓游心，无非是心会其趣而已。就像泰国很多华人习用的语尾缀词，而已而已——仅此而已。

美丽的事物不是被有目的地发现的，而是被偶然遇到的，不期然的那种。无论是"晓风残月"，还是"兰舟催发"……这样那样的情景中，最有冲击力的时刻，总是在你不提防时，或不经意间出现。它之所以感动于我们的心灵，大约因是猝不及防的撞击，让心怦怦直跳的方式——而故作姿态的装模作样，还得等准备好"文本"，才能演出。

偶然，所以也当然的——是最讲性情的。

那种几日一游，几城一游，甚或几国一游的方式，也是情非得已。大队人马呼啸而过，标志性的建筑，标志性的风景以及纪念品；甚至和旅游图册上一模一样的标志性的某个视角，以至于游客们排起长队，手拉着绳子来等待拍照……还有千篇一律的被导游们千人一口地背诵着的解说词等等,叠印在一起就是一版又一版的"按图索骥"!

那日在电影频道上,看到一则谈话节目,内容是关于某新锐导演拍摄的一部以武汉为背景的故事片,据说有武汉的观众看过之后对一个细节提出意见:主人公在片头先上了渡轮,然后又坐车经过了长江二桥。这样的"折返跑",对武汉本地人而言,就是个破绽。当然也就由得那里的观众一气说去,虽然它本不是个风光片。而对于外地观众来说,路径可能并不重要,我们看到的都是割裂的著名片断。这一景与那一景如何连接,重要吗? 也许是,也许并不是。

在圣彼得堡的千座宫殿里,只逗留两三天的客人,就未免会头晕眼花而丧失方向感。而只用一眼就能认出的"标志",对多数游客才是重要的。只有这样,我们才能实实在在的,花最短的时间,用最经济、最有效率的快捷方式,把某座城市快捷载入了我们的私人相册,以便日后示人,或作感时伤怀的回忆之备。

心游或者游心,说说好听,哪里那么容易? 在莫斯科郊外,呈现金色纷披又有诸色美态的树林里,穿着漂亮风衣漫步甬道的我,好像很优游风雅——其实揭开来说,漫步实在如同跑步,景致也仿佛抢来的,所谓"优游"不过是遮了相机的眼罢了。如果不是用长焦而是用广角,拍摄下的情景一定会大大不同。比如我那个提着我们的几个包而扮作苦相的儿子……不能说,真的不能说,亦无须多说了。在这儿打住,应是很恰当的明智之举。

而在此刻,我写作此篇小文的书房里,四壁孤寂。可就在窗外,不远处的外环线上车流如织,因为堵车而鸣响的喇叭声,遥远地传来,突然觉出一种苍茫之感,让我耳目跟随。

想到今夜是周末,便不至于觉得突兀,而只觉得心动。生活就在路上,路上的事却往往是不可理喻的,许是正如此,我们才会对此念念不忘。我也一样不能例外,写作此文的契机恐怕也正好在于此。

互动的风景

　　旅游在今天如此之热,它本身似乎就变成了一个时髦的名词或动词了,而节假日里甚至成了众人抢购的商品!自然风光、民俗风情、历史风貌,吸引人的眼球与脚头,这一些是没有疑问的。不过我想,在此框架中,也应有别的题中之意吧?

　　上周与文艺部的同事们一起就近结伴做江南水乡游。西塘与周庄,一在浙江,一在江苏;一南一北,却都在江南水乡这个主干谱系里。一样的小桥流水,一样的粉墙黛瓦乌檐,一样的秀色可餐。虽然导游一再强调西塘是西塘,周庄是周庄,可对于我们这些没心没肺的旅游者而不是专职的研究者来说,一视同仁也没什么不可以。

　　哪座桥,哪条街,哪座茶楼酒肆,哪面招牌自然少不了代表各自的地方"说话",生怕忘记了亮明自己的身份,这也自然。可其实"不说话"也没关系,那是我们自己乐意的,风景自在风景处,用校对地图的办法用来旅游,如果不是专业人士,怎么想来怎么别扭,多累?!我也不是说有特色有风格的地方风景毫无意义。我是说,它实际上为我们提供的还是舞台的作用,光怪陆离、异彩纷呈也只是场表演,走马灯般地在上面演出的也就是我们自己:游客们。

　　我们自己才是旅游的主体,无人能否定我们在旅游景观建构中的主导作用。以自然风景为工具为手段为载体,再生出的生活场景不会颠倒成它的反面,它们是一种合成物一种复合体,像两股线拧成了一股绳。

茶楼,是所有古镇的标志性符号。桥梁上的茶楼,又是江南古镇的标志性符号,西塘如是,周庄如是。不管是千年还是百年,其核心部分都保留着人的参与,人的生活的内容。嘎吱作响的楼梯,有风雨印迹的墙面,雕花的门与窗……

桐油抹过的八仙桌上不放杯垫,有几处印着黑漆漆的杯痕,是烫出来的,我用手中的杯底去套,居然没有相同版本的,我希望那根本就不是一代的杯子造就的。放下了手中杯,叹息一声。

三人一圈,五人一群,吹牛打牌;以仿佛没有兴趣的兴趣,或者是不介入的介入方式看待茶楼下悠悠泛波的老河,看河边的老房子,看人,本地的,还有像我们一样的游客……通过一条狭长的空隙看到远方,却看不到风是从哪里吹来的。一片闪光,是风还是船把水面划出了道道涟漪,但我们看不到人群里的涟漪,就像自己的笑,其实并不知道从自己身体的哪儿先开始的,眼睛、面颊,还是嘴角?曾有人在文章里这样描述过。

现在,我拿着照相机楼上楼下的一阵乱拍,却引来了一致的欢呼声,这并不费解,拍与被拍的渴望也许同样强烈。当然端着照相机的,并不等于是摄影师;作姿作态的含笑远眺状的也不等于是模特儿。因为轧了个闹猛,也许就多了个回忆故事。

在屋檐上施施然散步的一只肥猫,如何把它的雍容形象与古镇古朴面貌连接起来,也许这不关人事,亦非猫事,但一时间竟有无数个镜头对着它,也许只要游客与景色的配比依旧表明着供需之间的矛盾,对这样一只镜头中的猫的竞争就不会休止。

在阳光灿烂的某一座根本没必要计算年龄的古桥上,挤在忙忙碌碌喀嚓着相机摄像机以及 DV 的人群中,我实在并没有想明白这个理,又觉得不得不认这个理。哪怕是借助机器,眼观六路耳听八方,这个世界也许就会变得又热闹又奇妙。

西塘的杨柳绿着,周庄的杨柳也一样绿着,12 月暖冬的太阳照着,荡漾着春天般的袅袅细叶。所有生命的渴望应该都是一样的。

在一个以效益为最高目标、以竞争为基本手段的时代,从达尔文那儿舶来的"物竞天择,适者生存"的进化论思想,转眼间就转换成了旅游产业的意识形态。并通过时尚(有做新的,也有做旧的)、经营、习惯、价值等等表现出来,汹涌而至,蔚为潮流。船夫船娘以及三轮车夫,原来都是旅游公司的职工,甚至还有外地招募来的。

这其实也没什么不可以,干吗我们非得像公安局破案一样穷追不舍穷问不已呢? 观光客本无权为了自己的原汁原味的什么想头,就要求已身处现代文明中的本地居民,仍然固守农业时代的定居封闭的生活方式。旅游业,更多的应该带来的是机会。发展,也应是基本的价值取向。生产水平与生活水平的提高,是所有人的正当要求,当然这一切必须建立在与自然保持和谐关系的前提下。

所以,让旅游者就消失在熙熙攘攘的队伍里,也没有什么不对劲的吧? 在一种规定的情景中,大家摩肩接踵,跟着某一面小旗帜来来去去,互相比较坦然,你看我一眼我也看你一眼,彼此并不觉得奇怪。大家都是受欢迎的,周庄人当然不会不知道,这样的人山人海对他们意味着什么。仅举一例,以说明其大要:光是"万三蹄"一项,日平均销售量就达一万只以上。一万只蹄髈如果一起闪亮登场,很行为艺术地或铺陈或堆垒,边上再弄个形象大使什么的抛抛媚眼,女孩子们见了不尖叫,不可能吧?

在周庄,为我们摇船的船夫,腰间别着对讲机与公司的指挥中心保持着随时随地的联系,问答之间也很见现代意识,他告诉我们:他们白天在古镇上班,晚上却住在新镇里,享受齐全的城市设备。年轻人在那里上学,也有更多高科技的娱乐场所,可以过上"现代生活"。

也是在周庄,我们更深切地感受到旅游景区白天与夜晚的不同。每当夜幕降临,本地人回家了,留下来的游客也是少数,多数人也回到自己的城市过夜。而人去镇空,夜雾却浓浓淡淡地浮现起来,路变长了,水变冷了,盈盈的,与门楼上的灯笼相映照,旧窗台里仿佛依旧有人家的气息,只是静,静到了极致。我这才明白在都市里,我觉得很安静的郊外其实也是充斥着车马声的,只不过是在习惯之后充耳不闻而已。

石板桥转了几座后,就迷失了方向,如果是喝醉了酒在此跌跌撞撞走,又会是什么情景呢? 今古一相接,依稀想见了古人的风貌,也算在精神上对古镇作了追踪。像这样的风神旧貌,也许只能在月下偶遇。天旷地空,碧水长流,可如果要惋惜,古人还有要惋惜的呢。可古人与今人都没有不屈不挠,所以保持沉默才是周庄的态度: 历史就在历史的时间里悬凝起来,现代就在现代的空间里璀璨多姿。过往的逝影也是一种连接号,依然留在现实、人心里打转。

还需要想象。没有想象的旅游,在现在是不可想象的——而旅游业的发展早已超过了人们的想象。风景的互动也由此而生。想起卞之琳老先生的诗: 看风景的人却成了被看的风景——我实在收不住一脸的傻笑,这不,一不小心又成了风景。

星期天下午在从周庄返回上海的 318 国道上,堵车。这也没什么可大惊小怪的,早就不是新闻了。一个同事却早早地在出发前,给家中的夫人挂电话,说 4 点前就能到家。4 点的时候,我们当然仍在车上安稳也好不安稳也好地坐着,离上海可比离周庄远多了,也就是说连一半行程都未完成。有人就无心肝地庆幸自己嘲笑别人: 回去怎么交代呀? 跪洗衣板吗……无论是豪情与忧愁的程度,无论是关怀苍生还是放眼世界的力度、气派与影响，与李太白、杜工部，与柳亚子、叶楚伧……我们都相去甚远。

有些事情我们自己确实做不了主，好比注定要堵的车，那又有什么办法呢？

离太阳更近一点

在云南的一个景点,我和别的一些同样来自上海的游客一样,成了所谓"疯狂购物的上海人"中的一个。一个女孩子,上旅游车的时候,很酷的一个闪亮登场的动作,把满车的人都震住了。她高扬的一条手臂上,从手指尖到手指跟,从手腕到肘关,全是滴滴啦啦、闪闪烁烁的东西:指环、手链、手镯,还有那连着弯弯的、有些吓人的假指甲的套儿,也不知道该叫它什么。

同车的男士的反应,也许有些傻、有些愣。女人嘛,反应就要灵敏多了、快捷多了,有人在相对遥远的车尾,却一迭声地懊悔怎么自己没有首(先)发(现)呢? 更多的女人直接奔了过来,七八只手扯住那条让人炫目的手臂——在斑斓中几近撕扯,这一根怎样? 那一条又如何? 当然有比较、有分析,也不排除质疑与批评,一时间好不热闹,几乎已叫人忘记我们正身处在寒冷又寂寞的高原上。

不知道其中的哪一个女人提议:下车,把自己心仪的那几样小东西买回来,要不怎么能甘心? 一呼隆就下去了一片,连刚才略有微词、持"批评态度"的那一个也下去了。车门旁怯生生的导游小姐,又哪里拦得住? 虽然开车时间早已过了,而且过了不是一点点,但看她闪着一双微笑的眼睛,也许根本就没有打算阻拦? 她的明确地微笑着的眼睛,接着就向远处看着,那笑好像又是嬉笑——也难怪嘛。

与其干等着,男人们也三三两两跟着下车了,抽支烟,走走看看。

那皮夹子就开关得似有意似无意。先生们归来,也许头上多了顶毡帽,手上多了根牦牛骨手杖,腋下腰间又闪现着一把藏刀或藏剑……那样子让人看了难免失笑,失笑也许是不礼貌的,但在那样的情景中,不笑就未免压抑了自己。就像在那样的情景里买东西,不买仿佛是不可能的。不买就仿佛脱离了群体、团队。这个虽不能说从五湖四海走到一个地方来的队伍,显然也充分显示了差异性:年龄不同、职业不同、心性不同……那么能怎样要求别人的什么样的理解?什么样的理解才有可能被别人理解呢?那么,何以理解?唯有购物啊!

购物成了这个团队的最大的向心力和凝聚力,若不如此,邻座之间的几句话在递颗话梅或者传块口香糖时,就已经说完了。就以夫妻与家人来说,那些并不值钱的物件儿,对增添聊天的兴致与趣味,也显然不无助益。当然如果你愿意绝俗语、弃浮句,一心只面大自然的壁,就不在此列。但大多数人,还是俗人,怕寂寞,如我本人就是其中的一个。在行旅和以后居家的寂寞中,我看着我买的那些个长长短短的链子:骨头的、木头的、藏银的,还有扎染的布、绣花的囊等等,并不会觉得自己是如此花哨艳俗,反倒感觉自己是如此如此朴实——我还要对这些美丽的小玩意儿重致我的谢意,是它们帮我留住了旅游中的时光,旅游中的风景,留住了离太阳更近一点的美好的回忆。而与很多能赚会花、觉悟更高的女性相比,我却只能算小巫见大巫了,哪能比啊?曾有一位年轻小姐豪言壮语如下:就是口袋里的钱花完了,工商银行、中国银行……又没关门?!* 大家顿时笑倒。

至于有没有花冤枉钱,争买时是不会考虑的。一伙人,把人家的一个摊子或铺子围得水泄不通。你要的也是我要的,于是大家异口同声地喊老板或老板娘:我们买你这么多,便宜点吧?如果真的因

---

* 作者注:亦即上海人所谓的"脱底棺材"。

此得了便宜价,老板或老板娘如果不是特别善心,那大概只能是高原反应所致,否则不好解释。一般来说,在这种情形下,他或她只能涨价,不会跌价,但那时谁又会想那么多呢? 至于真假,到底是不能当真的,花小钱还比较安全。而且我们买的就是快乐,快乐就不应该太贵。于是回沪之前的最后一站,一行人个个从箱包里掏出来出自同一宾馆的洗衣袋,相视而笑——这说明:购物的"内存"已满! 当然还有连洗衣袋都告急,不知如何打点行李的呢! 我们猜测像这样的,是不是家的"内存"也该满了,到限了? 不如劝他们下了飞机,就直奔城隍庙小商品市场,去经受一下市场的考验也好嘛,让我们且为之祝愿吧:上上大吉!

青春台北

　　学者蔡登山先生带我去一家旧书店,因为我想要寻觅一些文人资料。匆忙间辞别"旧香居",是因为蔡先生说,台大也就在附近,一抬脚就到。早就慕名,一经提起,就如同"暮春三月,春服既成"那般急不可待了。

　　"大陆来的学者,几乎没有不去台大的。"蔡先生如此做动员。我虽不算学者,但对大学却有着特别的亲切感。到一个地方,一座城市,投宿也往往选大学。这也许是我此生解得开亦解不开的结。

　　天空灿烂,本来就澄澈得异乎寻常,但我要说,台大的天空尤其明澈——似乎一伸手就能摸到似的。

　　虽说是周末,路上来往的单车仍飞快驶过。弓着身子耸着肩膀的年轻人,耳朵里还塞着一副耳机。曾见飞驰的一辆车上,竟有四五个学生,七八条手臂在头顶上挥舞。而车轮底下便是歌里唱的《椰林大道》:"坑坑洞洞的椰林大道,走在路上我常常跌倒。路边美丽的花儿很多,美丽的陷阱也不少。"炫技吗? 我站在路边,目送着,做好奇关注状。便听得那辆车上,有女生尖叫起来,还有男生亮出了胜利的手势。

　　此前,也曾听过黄舒骏作词作曲的《椰林大道》:"传说中的圣贤之道。左边我看到有人沉醉在爱的拥抱,右边……"一旦落入此情此景中,我真切地看见了我的儿子和他的同学们,在另一所遥远的大学校园里,穿着牛仔裤,白恤衫,和风同尘,与时舒卷,戢鳞潜翼,思属风云。

那"路边美丽的花儿"里,既有紫薇、杜鹃,也有山茶,还有我叫不出名目,太多的姹紫嫣红,陡然遍地绽开,恍如做梦。可就是没有看到,路面上有任何的"坑坑洞洞"。估计歌曲所抒写的"我常常跌倒",也只是一种青春情绪的写照。或许,所有的校园,所有的青春,都有相似性:"曾在梦中是多么美好。如今我知道,一切都只是,哎!"而椰林大道之于台大,就是象征和骄傲。

学生活动中心门口,停车架被设计成双层的,可上面一样满满当当,不见空隙。就我所见,自然会认为整个台北的脚踏车,多数大概集中于此了。蔡先生领头进门,回头喊我:"赶巧了……"我们拣了个角落,坐下。据说赶得不巧的话,这里可能全无立锥之地。

说到拥挤,举目望去,墙上的社团牌子,就显得不一般的熙熙攘攘。除了传统、大路,一望即知的,诸如:登山、划船、摄影、棋牌、戏剧等兴趣爱好的社团名号,皆榜上有名,恕不一一罗列。另有一些,一时看不明白的,列在这里,飨之,会有惊奇生发,比如究竟什么是"透蓝的盒子"、"俊男之家"、"堕落的天堂"、"畜情小歇",等等。

我可以用来概括的词语,只有:随意、轻松、活泼。

在草坪上,见一梳辫子的女生,推婴儿车迤逦而过。车里,一个美丽的婴儿,眼珠子骨碌碌转着。我忍不住问女生:替别人带孩子吗?她愣了一愣,就笑开了,"我的!"银铃般响亮。她不介意,自我介绍:"抱着孩子,在读研究生……"态度端然大方。

在台北逗留,只一周。夜深,我也舍不得睡去。做了夜游神,在中山路、忠孝东路、仁爱路等,一直逛到凌晨,逛到脚抽筋为止,可总共也没看到几辆脚踏车。比起汽车和其他交通工具,摩托车似更有地方代表性。至于摩托飞车党,穿夹克,戴头盔,蹬着黑漆漆的长皮靴,一踩油门足以惊动几条街的神气,那种飞扬青春的故事,却是我想不出来,更说不出来的。

但是,真见过——那一刻,大地都在脚底下震颤。

那海边，那蟹

　　我们这一行人在来到这海边之前是有过争论的：我们究竟该到哪儿去？稍远一点的武夷山、雁荡山，稍近一点的虎跑或虎丘，似乎都被我们认真选择过，然后又被我们认真地否决了。

　　我们得为孩子们考虑，孩子是我们这次旅游计划中的轴心。这很难弄，而更难弄的是这一群孩子年龄不一，从幼儿园到初中生，都有。

　　最后我们稀里糊涂地选择了这海边。选择的最充分的理由可能是一个字：近。

　　就像市场上太便宜的东西会让人生疑一样，太近的海似乎也总让人生出遗憾。这海是无法与它的兄弟姐妹们相比的，它绝没有青岛海水近似透明的蔚蓝，也没有棒槌岛海水凝结着的那种墨绿，更没有三亚大东海海水在阳光照耀之下的那种蓝得飘逸、蓝得沸腾的色泽……它更像海之大家庭中的丑小鸭。

　　它是一片浑黄。

　　它浩浩荡荡把这一片浑黄向天际铺展而去。我知道造成这一派浑黄的原因：

　　那是因为它离长江的出海口太近了。长江把它从巴颜喀拉山，从巫山，从数不清的崇山峻岭中携带而来的泥沙淤积于此，于是它也就变成了长江的模样，变成我们皮肤的模样。

　　这样想来,这眼前的一派浑黄顿然就有了一种凝重和苍茫,心里在想:这毕竟是海啊! 尽管这海不像青岛的海、三亚的海那样在旅行社被标上好价钱,但海是能够用钱去称量的吗?

　　孩子们来了。孩子们来到了海边。

　　孩子们对于这一片海、这一派浑黄有着什么样的想法呢? 在他们的脑际中也会生出豪华的海与丑小鸭般的海的比较吗?

　　他们没有。他们没有太多的海的概念。没有概念就没有比较。他们只有一个直观的、活生生的眼前的海。

　　他们向海欢呼着、雀跃着奔跑而去。他们要最大限度地靠近海。他们不再满足于站在逶迤的海堤上眺望海。沿着二三层楼高的海堤的斜坡,他们勇敢地、小心翼翼地走下去。我们这一群做家长的高叫着:"当心! 当心哇!"

　　孩子们绕过晒着的渔网,绕过海岬之处的礁岩,绕过泊在海岬的渔船,现在,他们终于切切实实地来到了海边。伸出他们的手,他们就可以掬起一捧咸涩的海水。

　　海在这时太真实了。孩子们挑中的这一块海滩,错错落落地有着岩石。那些岩石肯定不是这一块海滩天然就有的。很久以前,这块海滩以及我们身后的海堤都是一片汪洋,只是在某个年代围海造田之后,方才有了海堤,有了向着海延伸的这一片海滩。岩石是后来才从别处搬来的,但从别处搬来的岩石,因为海的浸润和侵蚀已有了嶙峋、有了斑驳、有了淤泥和青苔的涂抹,已和这里的海仿佛浑然天成。这一片岩石,规整的和不规整的岩石们,它们将为孩子们提供一个舞台。

　　不远处的海面上有一个小小的黑点。在万顷浊黄色的波涛中,小小的黑点摇晃着。我试着去辨认这黑点究竟是什么。但海很晃眼,8 月下午的太阳正热烈地照耀着海,海的每一层铺开的波涛上似乎都镀满了阳光。

起先孩子们叫道：船，后来他们又叫得仔细了一点：巡洋舰！还叫道：捕鲨船！这些名称他们看来是从电视中学来的。再后来他们不叫了，因为那摇晃的黑点始终既不向左也不向右，既不前行也不后退。

我知道这是一座灯塔。我没叫出来这是一座灯塔。

有海的地方就有灯塔。这不是沃尔芙说的，这是我说的。我这么说的时候已经想到了沃尔芙，想到了她的《到灯塔去》，想到了她笔下诡异的、如同她的神经质的内心那般丰富生动的海。

"灯塔显得巍然屹立，远处的海岸线也静止不动。太阳热力渐增，大家聚集在一起，感到彼此的存在，对此他们几乎忘却了。麦卡利斯特的钓线垂直地落入海中……"

沃尔芙就是这样描写海，描写海与灯塔的。

孩子们不知道沃尔芙，但孩子们正在逼近类似于麦卡利斯特垂钓的欢乐。他们将发现那个早就为他们准备好的舞台。

蟹！有人叫了起来。

蟹！又有人附和着叫了起来。

在规整的、台阶般有序垒起来的岩石之下，在不规整的、嶙峋如危崖般叠起来的岩石之下，在岩石与岩石组成的缝隙之中，爬动着、流窜着一只又一只褐红色的海螃蟹。它们是岩石之下活跃着的精灵。

没有一个家长发出指令，但孩子们全都毫不迟疑地开始在岩石群中追逐螃蟹。"蟹！"——仅仅是这一个词就将潜藏在他们生命深处的追逐生命的意识唤醒了，他们就像在草原上长大的孩子，只要听到黄羊或是野鹿就会翻身上马，在草原上驰骋追逐那样开始追逐螃蟹。这片海滩，这片岩石地带变成了他们的草原。

现在，一艘船进入了我的视野。在它冒出桅尖的时候，我知道它不是钢铁的。它是木头的。它很像桑提亚哥驾驭的那条船。它也有帆，帆上缀满和眼前的海一样颜色的褐黄的补丁。

我已经想到了海明威。我不能不想到老狮子海明威。在所有描写过海的作家中，海明威笔下的海是最富有生命力的。

海明威使我相信，海是有内核的，就像苹果、梨有内核一样。海是一个巨大的生命体，海的无涯无涘、无穷无尽的波涛只不过是它的果皮、果肉，而在它的波涛深处生长活跃的鱼类、贝类、蟹类才是它真正的果核。

想一想桑提亚哥吧，驱使他快乐地走向海的动机绝不仅仅是一条谋生的理由。如果仅仅是谋生，他没有必要把一条大鱼的骨架从深海一直拖到哈瓦那港口。应该说，海中的那些生灵——飞鱼、海龟，甚至鲨鱼，都给了他触摸、拥抱海的那个巨大的生命核的快乐。

再想一想海明威吧，当他舍弃了别墅，舍弃繁华的纽约，而只身投入加勒比海的怀抱中时，吸引他的绝不仅仅是海边瑰丽的日出日落，绝不仅仅是海之潮汐的涨涨落落，他一次又一次地像一个老渔夫一样到海中垂钓、撒网，在本质上他也和桑提亚哥一样：去触摸、拥抱海中的那个巨大的生命核。那核才会给他以辉煌和沮丧，光荣和孤独，那才是人与生俱来的追逐生命的意识本能啊！

涨潮了。

潮把那些蟹们往海滩上赶。那些褐红色的小精灵在潮的白沫上东逐西蹿。潮涨得越高，那些蟹越多。

那些蟹身个都不大，大的寸许，小的只及拇指，但爬行得却极其灵活，在岩缝中钻来穿去。尽管小，它们爬行的姿态却和任何一种蟹类一样，是横着的。它们也有螯有爪，当你抓着它的螯的时候，它也会狠狠地钳你一口。

　　但孩子们不怕它,他们叫着嚷着追逐着蟹们。儿子也是叫嚷得最欢的一个。他一会儿扑向海边,一会儿又爬上岩尖,脸膛也不知是由于兴奋,还是由于海风和太阳吹晒的缘故,竟和那蟹背一样泛出红色。他的手指被蟹咬了一口,渗出些许血迹,我问他:疼吗?他连连说:不疼不疼。

　　孩子们抓到很多很多蟹。他们把蟹集中在一个小小的口袋里。

　　暮色渐临,首先是海变成了灰黑色,接着,天也变成了灰黑色。只是在远远的西天,海浪仍在簇拥着最后一道八月暑天的霞光。

　　该回了,但怎样处理这些被抓获的小精灵们呢?

　　带回招待所,然后,再带回城市?

　　不,一个孩子说,我们把它们放回大海吧!

　　所有的孩子都表示同意。那些胖瘦不一学龄不一的孩子们都表示同意!似乎他们刚才的追逐、叫嚷,甚至流血,都是为了这放生的一刻,这无比快乐的一刻。

　　孩子们还不知道海明威,但孩子们会懂得海明威的,就像海明威拥有着加勒比海的波涛一样,他们也拥有着这一片波涛,尽管它是浑黄的。

家住闵行

中学郊游的时候,曾到过闵行。而车子怎么开,经过了什么路,我们并不知道。其实我们只需到一地——一个不认识的地方,把兜里的吃食掏出来吃掉,再嬉笑打闹一番,之后便可在疲累中回家。因此只知道,车窗外的车辆是越来越稀少,甚至连自行车也偶尔一见……过了一小时还没到,又过了一小时左右,当时作为旅游目的地的闵行,才出现在前方。所以它让我们饥肠辘辘,抱怨声四起。

一个爱翻字典的同学说,闵行古称"敏行"。因为非常失望,他开始歪批:就是要我们多走路的意思。真要这样,倒是无可奈何了。

二十多年后,没成想自己竟然成了闵行的居民。地铁一号线如火箭发射般的推动力,怎么形容都不为过。我们在地铁里上下,无意中与老友、同事等匆忙相见,不及寒暄几句,又匆忙分手的情景,不知开始于何时,反正见怪不怪,似不稀奇。自从我的交通卡在出入地铁中,已能享受月度折扣以后,这样的无法预计的相遇,一直让我津津乐道,差不多成了我乘地铁的乐趣之一。出入相遇的朋友,也基本是同向,家住闵行的又占大部分,想来不可思议。

前几年,罗秀路、罗阳路、罗锦路,包括作为主干道的莲花南路一带,还是极偏僻幽静,大大有别于市区的马路。连红绿灯都未设,更别说堵车了。可如今也是车流如潮,早晚高峰时,一片沸腾景象。

喇叭轰鸣,司机们从车前窗里伸出脑袋,互相指责乃至相骂的时刻里,就有人摇着头说:当初这里早上六七点以前,下午五六点以后,鬼都见不到一个,野风那个吹啊,小姑娘那个怕啊……我觉得他说得其实很快乐,因为我们都听得特别快乐,今昔对比得尤其快乐。

有些着急当然也属正常,当初小区的班车"摆渡"到地铁站,慢慢悠悠开着,也只需五分钟,可现在常常要吃三个以上的红灯,个中滋味,有喜有忧。所以班车上的很多人都会参与劝架,司机此时也会顺着台阶下,似嗔似怒的,结束一场臭显摆他专业功夫的练嘴。

窄窄的小区内部车道,更是常常车满为患,停车与行车,与骑车、走路之间的矛盾,尽聚于此了。要是在以前的老家,看到堵在路口的自行车,还能动手帮着搬开,现在能吗? 那可是马自达、现代、沃尔沃、桑塔纳、奥迪、别克、本田、丰田……即使体量小一些的如奇瑞、奥拓,可也都是个顶个的。据说邻近的楼盘里,实在无法,都把车停上了绿草地。安顿了汽车,就无法安顿那些进口草皮,想想都心疼啊。

所以就总有业主苦恼地发问:当初设计的时候,车道为何只有两三辆车相向而行的容量? 为什么不打足余量? 问得当然痛快,但我以为答案不问便可知:没想到。正如一只创投概念股,你也许永远不会知道它的合理股价究竟该是多少? 所谓合理想象,那也是有着既定的时空约定,适合于过去的,据此不一定就能参透将来,所谓"股市没有昨天(或明天)"是也,没想到的事,比比皆是。

莘庄镇作为一个庄子也好,或者镇子也好,它却是闵行区区府所在。看了那个貌似白宫的地方,也许会慨然兴起白云苍狗之叹。那里最是我顺腿就到的,还是因为一号线,一个瞌睡许就到终点了。那么便顺势而为,不走出地铁站就有个大卖场,小车一推,肉蛋蔬菜,日用品,只管扫货架就是,拿不了,打车归去也。起步价就到家,一直可开到楼门口,比班车少走了几步路。但在那里打车,是越来越需要耐心了,太需要候望不怠,出手及时。究其原因,还是人口聚集效应所致。

　　家住的小区，也许可算作是"青年公寓"，可能因为当初买价相对便宜，算不得"高尚"社区，很明显的，事业起步阶段的年轻人居多。中年如我们，则属于相对少数人群。花园里，电梯上下，班车里，随便哪条小径上，与年轻人擦肩而过，避不开也搭不上，却不免有些精神一振。我以为我看年轻人，总比他们看年纪大的人要来得开心。有时，不想欣赏还不行，终于明白，那一代人是太善于表现自我了。说着说着唱起来的有，说着说着跳起来抱起来的也有，大庭广众之下，哭起来笑起来"两只眼睛开大炮"的(上海俚语)亦都有。只要不乱扔垃圾，不随地吐痰，如何抒发心灵，那是所有人的自由。我看着，只觉得好玩。

　　如此说来，小区里形形色色推车里的小贝比(baby)，也是一道不可忽视的风景。日日黄昏下，对于花园、喷水池、小小的游泳池，或者儿童乐园来说，他们本就是一个个热门的昂扬主题。张阿姨和李阿姨互相热情地打着招呼——她们一般是孩子的奶奶或者外婆，被年轻夫妻请来照顾孩子的。所以谈论的话题永远只有一个，那就是小孩儿。从婴儿车说到奶瓶奶粉尿布……东西南北的育儿经，在此得以大交流。有不少人家是新上海人，与时俱进的南方奶奶外婆们，甚至已经未雨绸缪地学上了拼音和普通话，说以后教孩子用得上。教师也是现成的——来自北方的奶奶外婆们。

　　花园里另一个副主题，就是宠物。养狗的居多，也有养猫、养鹦鹉、养兔子、养松鼠的。碰到一起，狗与狗互吠，主人们其实也互相较劲得狠。偶尔我会听他们说我家"儿子"有多聪明；我家"丽丽"总是怕难为情，但优点也很明显……云云，牛皮一口气都可以吹得昏天黑地。甚至不惜贬低自己，压下身段，以张扬歌颂对象的种种了不起的事迹。起初我还以为他们说的真是儿女，想如此说，也是做父母的人之常情。一旦发现他们说的其实是狗儿子,狗女儿,还为此吵得不亦乐乎,实在惊奇不已。

而现在,我早已看惯如此做派的那些邻居,甚至还由此感知了人生的温暖无边。我并不养宠物,但有一次钟点工把她做的另一家台湾人家里的狗牵到我家,虽然它捣蛋弄坏了我们家新装的纱门,但总的来说,这还是一次有趣的经历,互相的。

它出门的时候,我微笑致意,它频频摇尾。如果不算不恭敬的话,我想:它能算是替主人完成了邻居间的互访吗?后来两家倒因此多了许多话题,从狗到吃食,到孩子的教育,互为打听互为借鉴,虽然表现的形态常是间接的,但到底比老死不相往来不通讯息要好。在小区里,再见到那条漂亮的狗狗,就有了一些偏心的喜欢。它也总是大力摇着尾巴表示高兴,我猜测它对我的印象或许也保存了,或许也将至永远?

它们虽非我族类,但我以为其心亦同:求安全求信任求相熟,还有什么我说不上来的。我和它也算一扇门里共处过,此话就当共勉。

闵行之大出乎想象,历史沿革还有新老之分,似还有块飞地,是徐汇飞进了闵行,还是闵行飞入了徐汇,真闹不清了。正常的上海城区版图上,闵行的区域被超比例压缩了,就是因为大。所以我搬到闵行的第一件事,就是去新华书店买了一张闵行区图,还原了正常比例后,才知道原来的省略又有多少。提起精神来,经常性的也就是读读图,哪里跑得过来?

黄浦江的第一湾,那也在闵行界内。曾和朋友驱车去过,阔大到漫不经心的大模样,清风和水波亲密而气息绵长地随意飘荡……不像在浦东陆家嘴高楼庞杂的后面,眺望不见浦西的外滩时,顿生出许多难以消化的压迫感。这里那里,穿过某一条小巷,沿江而行,你会与上海的历史相遇,那时它应该叫吴淞江吧。

而从自己家出发,去在"区域"里的旗忠体育中心看比赛,打车竟要五十多元!

一般我是把锦江乐园的摩天轮,看成是回闵行的家门,因为它够显眼,从城市的一头奔波到另一头,老远的,需要一个标志或者说提醒。

说起来,"闵"字外框的这个"门",对文人也有着足够的吸引力。区政府曾有心组织过来到闵行居住的作家们聚会。在一张巨大的几乎占满了一个厅的大圆桌旁,竟然意味深长地挤满了文人们!只见某一位区宣传部干部的脸上,顿现夸张的笑容,似乎收也收不住。

对我来说,家住闵行之后,最大的变化就是很像个农民,盆里有点土就琢磨种点什么。阳台上有十几个花盆,有花有草,还有三棵树。书房的窗台上也一溜排开,当清晨第一缕阳光扑进窗来时,先醒过来的应是那些植物。

而我们的楼下,就是当年的农田。去年,就在一个花坛的角落里,一株油菜花开得稀奇,绿化工突突跑来拔下它,还嘟囔着:怎么长出来的哦?!

地铁漫游

　　自从有地铁问世，便大大提高了我们出行的速度。买房的时候，销售员的激情演说，确实很能打动人的。她说：现在是个换速的时代，买房首先考虑的是出行时间，而不是出行距离。换言之，时间与距离之间不能画等号，关键在于出行的交通是否方便、是否快捷。答案是地铁，你答对了。而我入套了，这么套着很多年了。我倒是暗中庆幸自己并非上当，虽要与人摩肩接踵，但便利还是第一位的。

　　地铁列车呼啸而至、呼啸而逝的情景，仿佛就是一种可被触动的动感与通感，打通着不知方向的脉络，有人称它们为地脉。其中的交叉与会合，曲折与直通，都不像地面交通那样，可以见山见水，见高楼大厦，或大街小巷……它却把一切都写成了文字与箭头，来与去，上一站与下一站，某某路某某广场——这一切指示当然都是有意义的。因为一切不可见，所以一切也就变成了符号，进而成了象征，或者是中国文论里的"象"，而大象无形。

　　很多你的同类，就像你一样只顾走，天南还是地北，只有自己知道了。我们所有的人都很陌生，偶然见到一张似熟非熟的脸，心中默称为"轨友"，一些听到的，见到的，一些让我以为若有会心的安排，其实叫它巧合更为准确，用物理概念说的那个"场"出现了。作为一个象征文本的经久阅读者，我的想象也由此点燃了，比如那个人是做什么工作的，年纪，婚否，个人爱好，炒股吗？等等，他或她在现实中让我偶然一瞥的那张脸，却被我在无端的臆想中安顿了看似现实其实毫无依据的人生，谁又能够参悟这虚实相生的人生的浑象呢？归位的只有自己的脚步，或者也不。无疑，地铁，是个适合冥想的地方，地下的某种气质像看不见的辐射线一样，暗中深入了灵魂。

高峰时间段中，那样山崩地裂似的脚步划一，也是再自然不过的。在这个符号系统里，呈现的大多数的人生都是相似的，高度相似的。

唰，唰，所有越过去的人生路，其实也是相似的，虽然他们走得急，我走得慢。而每当我奔跑起来，却总有人跑得比我更快。地铁的速度，应该也会影响人心的速度。我曾经提到过地铁里人的步速是最快的，有人深以为然，有人却深以为苦：哪有来与去？著名企业家王石先生几乎把全世界的高峰登了个遍，可他却说：我人生最大的精力是用来修正自己所犯的路线错误。竖起耳朵听的时候，我没当回事，现在想来，有理。

在地铁枢纽站，路线的错误可能达到惊人的程度。比如人民广场站，从一号线下，换二号线，人群滚滚不息，上了二层月台，有工作人员指引，有高音喇叭一遍又一遍地喊话，人不散，喊话不歇，就这样也有人偷越"封锁线"，以图省几分钟路。碰着了谁，撞着了谁，似乎都可以忽略不计。他们像松鼠一样穿进了人群的林子，隐没了。功夫自是不简单。

几米关于地下铁的绘本，是那么哀伤而浪漫。一个大眼睛的孩子站在月台旁，仰首问天（而天空并不在头顶）：下一站是哪里？就像人有祸福成败，下一站是不能用某种数学公式去推算的，这根本就是个哲学问题。

有些传说和神奇，就附会在它的名下。地铁里的恋爱，是脸不变色心狂跳的那种。适时的屏蔽，对周围反而产生了那样有威慑的力量。陪坐在一旁的乘客，一般都目不斜视。恋爱者忘我，远离一切，而一切却把他们包容了，依然是很和谐的社会图景。

持若即若离态度的，还有歌手，卖报刊、地图的，甚至是乞丐。

有一个穿粉红衣的小女孩，在车厢里像条鱼似的游来游去。我给过她钱，她的一套似经大人加工过的"台词"，我不详述。就说她的双膝不落地类似于西洋女子行屈膝礼的动作，可一可再，该出手时就出手，一切视情形而定的那份熟练，犹如穿衣吃饭般的自然——她的脸上还有一种不变的笑，遇冷遇热都如此。你可以认为她太油滑了，也可以想这孩子还是天真，不以苦为苦……但环境与人类生活所形成的互动，无疑是紧密的。有人统计过，说地铁里人们的说话声也普遍要比公交车低，相应的心理距离，指向了更大的心理自由度。尽管也有过争吵，算不上黑色幽默，但大家不妨回想一下，十年前二十年前公交车"沙丁鱼罐头"里的那种吵闹，让人不知不觉就进入战斗角色的紧张场景……往往容易释然、容易妥协。我们能够看到新文明如何触及生活中每一个角落，而地铁上由人所构成的角落里也无疑表明着，文明进步正朝着一个可以预料的方向运行。

从美学角度看地铁，我说不出所以然，它太大，太隐晦，太神秘，太难以归纳了。在我看来，地铁仿佛是个碎片模式，一大群人下车了，分散了，每一个出口都像时光隧道，其实只是其中一条通道而已。他们走远，消失，再不相逢。像是从地平线那里落下去或者升上去，连"扑通"一声都没有，落进了另外的一个地球，虽然我们只有一个地球。四面八方，一大群人倏忽蒸发，来无影去无踪的。相逢只是小概率的偶发事件，不像坐单位班车或者固定路线的公交车，几十年的熟人即便戴着口罩也能认出来，甚至可以看到一个孩子的长大成人！

所以，当大家在地铁车厢里前胸贴后背地挤着，轻轻摇晃着潜地而行时,连怎么就停了,到哪站了,有时只能凭不那么精确的感觉——我就常在这时坐过站。可难得大家都很沉默,坐过站的,上不在天又下不在田(《易》九三爻辞曰:"君子终日乾乾,夕惕若厉,无咎。"何谓也?子曰:"君子进德修业。忠信所以进德也。修辞立其诚,所以居业也。知至至之,可与几也。知终终之,可与存义也。是故居上位而不骄,在下位而不忧,故乾乾因其时而惕,虽危无咎矣。")——只疑似云雾中的人啊,肯定不止我一个。

当头脑的反应力下降,脚步自己就会判断与行动,有时我是跟着我的脚步的挪动而挪动,所谓"跟着感觉走"是也(包括模糊的感觉)!我是谁,来自何方,将去向哪里?这样的问题谁会频频在脑沟里闪回?其实就是什么都不想。空间的不确定性,使不折不扣的现实,也沾染上了迷幻色彩——漫游者,不可思议的是,我就这样地在高度组织有序的地铁轨道上,成为了游离的一分子。没有人会注意,我走的是画不出轨迹的路:朦胧地走向未来,又悄没声地倒回了过去……不需要出站与进站,无论感受至深还是至浅。

地铁的车厢与站台,由此而成为了很多人心灵的温床。我看见过在某一个站台上织毛衣的老太太,仿佛是错误地被忘却在这个所有人都来去匆匆的世界里,但她默默守望着的姿态,它所造成的那种心境,对我而言,已升华成某种启示录式的象征。

一会儿,我们就可以在自己要出的出口,跳将出来;在阳光下眯缝着眼睛欣赏有着片刻陌生的地上世界。即使那是属于你的世界——却不是因你近在咫尺就能立刻零距离的,入地铁有多深有多久,就像登山高低不一样,此时你的所见所进也就不一样。空气不一样,风不一样,人的面貌也不一样,所以这仿佛是每一天极富鼓动性的开头与结束,缘此我喜欢坐地铁。

据说,2007年年底前,六、八、九号线将贯通,这意味着我和许许多多的上海市民,交通的范围与速度将会再来一次量与质的飞跃,继续漫游,继续飞跃。"行到水穷处,坐看云起时",不知道它对我们的城市甚至是我们的生命,会产生与叠加新的比附意义吗? 此时,吾热盼矣。

天津表情

　　去年年底,中国作协组织了中国作家环渤海采风团,此是为纪念改革开放三十周年组织的"收官之作"。开拔前夕,中国作协《作家通讯》的主编高伟,曾有电话来要求确认,问是否能够一定成行,我便以表决心的决绝口气说:一定。然后我吞吞吐吐,小心又小心地道出:我没去过天津,所以一定会去……

　　高伟先生给震住惊到,本也在我的意料之中。但当一连串的"不应该"的责问,就像京津高铁快速地在我的耳朵里轰隆作响,我还是意识到自己的不可理喻了。都是打"飞的"的时代了,上海到天津,天津到上海,每天有多少航班来来去去? 带着天津的糖炒栗子上机,可以慢慢消遣,到家可能尚有余温,尚可作暖手之用。如果上海的大闸蟹乘飞机,悬空八只脚了,可落地之后,保证照样活蹦乱爬……

　　一点没说错,我实在讨厌自己的"老年状态"。当年轻的同事们,一年到头像生猛的螃蟹一样(此为褒义),悬空两只脚,在天上飞来闪去……在我还没有变成活僵尸之前——话是说得有些恐怖了,但只略表了我想多跑跑的心情,有几个地方早就向往之,比如:天津。

　　天津之名,据说得之于明朱棣的御赐,谓之曰:天之津渡。说来可笑,我对这个名字,曾有自己的想象,那就是:一大片蔚蓝的天空,俯仰着更为蔚蓝的河海……于我,倒因此而可望又不可及了。这个,竟成了我绕着天津走的理由。很多年来,我为自己在脑海中,刻意留存了无限美丽的，又只是由想象制造出的一大片——空白。就像老式的相框，鹅蛋形的图案很完美，中间却只铺了一张白纸。

戒惧戒躁的心每每浮出，就像一条漏网的鱼已准备被逮，但又怕真被捉到，此种矛盾的心情实难形容。当然也很滑稽，那是一个早已被注解为望文生义的梦。正如晏几道所叹："梦魂惯得无拘检，又踏杨花过谢桥。"

怅然中，历史与现代链接的天津，却在我眼前一步一步鲜明起来。

五大道的砖石房子，很像上海的外滩，商业的繁荣景象，亦很像十里南京路或淮海路。而与海河边上的亲水平台，花坛，铁皮路灯，荡荡悠悠的粗大的铁链相缠绕的心跳，也不仅止于细节的某些相似所致，或在于一种气息的真切传达，悄悄吸吮，凝视，微微一颤——被定身法定住了似的。

用心咂摸，恍然大悟：这两座名字里都有水的城市，某种意义上说，是有着亲缘关系的，历史地理文化的诸多相似性，铸就了它们像孪生兄弟或姐妹般的面貌：枕河枕江，面向大海；一个是九河下梢，而另一个是海纳百川：一南一北，却同为开埠的水陆大码头，因而五方杂处……

马可·波罗广场周围的别墅房顶，多为意式角亭，有员亭、方亭之别，圆柱和方柱之分；并分别用圆拱、平拱、尖拱、连拱、垂柱进行点缀。落地长窗，门前的长方的小庭院，一两棵树下，缩龙成寸的盆景般的草地；盘花的黑铁门，门前并不随风晃动，却永远颜色醉黄的风灯；行道两侧，挺拔的株株法国梧桐——巴掌大的山形落叶，被过路人粘在鞋底，带走了一片又一片……走着走着，仿佛怎么又走回来了"家"，那实在是一种妙不可言的状态。

记不清在晚归的哪个街头，碰到了一群上海的游客，他们唧唧喳喳说着什么,其中还有两个女子一个劲儿在笑,空气里总有点异样的成分,教我恍恍惚惚的。直把天津当上海,或者是把上海当天津了?这样的念头仿佛心血来潮,偶然想起来以后,又想不如忘却或许更好。

云深知处,亦不知处了。

在津一周,很多地方是坐车经过的。什么叫"深"? 就是有点眼睛发胀、脚头发飘的感觉,日出日落,东西南北,倒先放过一边,且不去理会了。至于东西南北的辨别,以及诸如此类的大事小情,自有天津热情的朋友们管着,乐得我们省心。而我们被管的水准,那叫一个高,那叫一个大气磅礴,意态昂扬、意气风发,一如天津话里的"好么好么"般响亮!

第一天还是第二天,在我们的车上,坐在我的前座,以《水乳大地》扬名立万的小说家范稳,突然回过头来,由衷地发了一通"谬论":警车怎么在前面开道? 通常来说,它们应该在后面追才正常啊! 范稳先生当然是个大大的良民——不用做其他想哦。当他这么"感慨"系之时,只不过抽抽鼻子,眨眨眼,狡黠一笑,露出了一口洁白晶亮的细牙!

大家哈哈一乐,在不知不觉中,我们已经融入天津,也包括滨海新区的浩荡荡、活泼泼的生气之中。

明媚的北方阳光是直泻的,虽然季节已至寒冬,可我还是常常眯眼。

风韵宛然的天津,既向我们展示了现代化大都市的无穷魅力,又演绎了不同历史时期的人文脉络。

至于高高的玻璃盒子成堆呈现的大厦群落,与这座城市里的人,究竟有多少情思牵扯,我还很难说得清楚。"不锈钢补丁"与玻璃穹顶却蔚为壮观,且直逼眼帘,兀自就伸出了一指头,喃喃而道:这个这个，很像浦东新区的……太多联想直冲我的脑门，我想我那时的表情应属迷乱，或者憨态可掬吧?!

工地上打桩机的声音，或咆哮或低吟，雄浑而激昂，它已与这座城市相伴着成长，并被视为平常与当然。相机的镜头，在无意中采用了我自己也莫名的深焦距，而在我的眼眸最深处，摄入的这座城市，应该说，是个朦胧生长的幻影，动态的，而非固态的。

我梦着，她醒着? 抑或是她梦着，我醒着呢? 倒也不能分辨与把握。

车沿海河而驶之时，各具特色的桥梁，似群芳扑面竞开，满眼锦绣。细看又如桃红李白，各有千秋。比如，有开启功能的海门大桥、解放桥、金汤桥，有高贵典雅的北安桥、大光明、狮子林桥，有桥与摩天轮一体的慈海桥，有现代造型的保定桥、大沽桥、奉化桥……一架飞牵着另一架，像翅膀之上的翅膀，或倒影中的倒影，所以才不知归去来兮。

高眺低看，目随心算，好像是在课堂点名，又像沙场点兵，可还就是没有数明白。桥的美丽世界，对我等凡人来说，可当做"天之津渡"来陶醉。在其中徜徉迷离，前后透视得颠三倒四，数字统计自然也就一塌糊涂了。此时此刻，也许本来就并不要求太明白的算术结果。

而数久了、数累了，或许能找个河堤坐下来，无挂无碍，从容不迫，依然可以从头再数过;或只是静静注目那河之上的桥之诗、桥之画;也可以一任那美丽的幻象随风而逝，不期然看到的或许是: 飘忽的晓风残月、兰舟催发之境。

可我们为何要有此一行呢? 有一刹那，我甚至起了埋怨。

那是我依依惜别的意思。此间好，不想走啊……

秋夜的乡愁

　　是 9 月,风从八面山吹来,有些凉。天与地,夜色苍茫间,大团的白云依然飘浮着。是谁在吟?又是谁在唱?是忘归的鸟吗?还是忘返的人呢?此时此刻,在十六的月亮下,我们这些从异地来的客人,正举杯邀明月,对月、对人、对影,我忽然就有了缭绕不去的乡愁。

　　乡愁对于我们这些都市客来说,实在是件稀罕事,太不平常了。高楼间的车道,水泥的阳台上,都无法产生出那种缠绵的况味。在到达横店的路上,我曾对作家俞天白说:他的永远不变的方言,就是永远的乡土的根——而大多数的都市人连这样的根都没了,又到哪里去找乡愁呢?

　　是横店的秋月,使我真正地感受到那种乡愁般的忧郁,而我忽然明白,我的那颗干涩的心,原来就像秦时明月汉时关一般,期待着那轮系人心情的月亮,能穿越时空呼啸而来。

　　我在一幢黑绰绰的酒楼的窗前,正好等到了它——它是怎样一幅精美的图画,叫我不敢相信:曲桥、街市、戏台以及河中粼粼的倒影,头顶的那个有些模糊的圆月,正像经过时间的磨洗的旧物,忽然叫我们认出,怎不叫人又惊又喜呢?据我想一轮没有蚀痕的崭新的月亮,就根本不是心灵中的月亮。而头顶横店的这轮模糊的明月,也许真的让我明白了月亮确实有中外之分。

　　隐隐的清光从木格窗外透了进来,杯中的银光也在微微地动,举杯就唇，心里的光明与温暖，立刻毕剥作响，而衣上那股侵人的寒气却顿消。一时间月亮倒有些看不分明了，也许是黄酒的温香与棕黄……浸染了它，这熏熏的月色啊，又怎不叫人也熏熏？文人们杯觥交错之间，如弦歌杂作，未免铿锵。但倘若隔着水榭远远地送来呢？那样的一种意味，如能使众贤放达、各抒灵趣，那又有什么奇怪的呢?!

　　参差的，有几人不太言语——可那也没什么关系，我们一样可以用不说话来体味这一切。竹编的淘箩却做成了灯罩，而在这异样的灯罩笼罩下的灯光，也正好把那样的一种参差感传达、放大。这样的夜晚才真是古典的，于动于静也许都相宜的。

　　于是有人说：那才是正在消逝的生活；又有人说：那才是性情的江南；另有人说：那就是一幅清明上河图啊……

　　而我想的是，这是一幅真正的图画，能让你走进去，坐下来，细细去想：这里、那里，从"脚店"想到"鸡声茅店月，人迹板桥霜"；由小姐的绣楼，想到轻执纨扇的纤纤玉手；由红灯笼想到"十年一觉扬州梦"……这样的景致是让你从无看到有，从虚看到实，是让你批判，也让你感叹与伤怀的——不知不觉，你就仿佛入了戏入了画。至于此身究竟是真是假，今夕又是何年？原也不必太执着的。

"故乡"

　　到大理了。在发鬓捋一片缠绕于苍山洱海间的薄雾,证明我确实到大理了。那被指尖轻轻捋下的雾,很真实,微凉即化,却内含一种凝固了千年的宁静。

　　清晨,就是这大片、非零碎化的阳光和实在辽阔无边的寂静,才把我彻底惊醒。

　　一个"静"字,仿佛在召唤着什么,在召唤着"动"吗? 思绪果真就飘到了某种律动之中,我想起了昆德拉所写,1968 年在巴黎大学墙上刻下的一句话,一种"动":生活在别处。明明现实的身体在巴黎,在巴黎大学。他却说:生活在别处,莫非现实的身体所演绎所进行的生活不是生活? 还是说一种理想,一种牵系灵魂的生活其实不在当下,不在现实的身体所寄寓的嘈杂市声之中?

　　"别处"又是何处呢? 这别处或许不叫他乡,不叫异乡,而就是我们众里寻他千百度,蓦然回首发现它就是我们日思夜想、梦牵魂绕的"故乡"。

　　从大理古城,到巍山、剑川、鹤庆,仿佛才巴掌大,积木一般的小城镇间,一站又一站的去来,从容聆听茶马古道上的马铃儿声诉说着千百种层次分明的"静"。而从朝阳东升到夕阳西落之后,许多不应该缺少描写的如画美景,已被我一笔带过。可我真心以为若不就此"带过",却反而可能失之于造作。

晨钟暮鼓、更漏时分的晕眩，也许既来自洱海结撰出的根根颤抖的绿波，也同时来自从苍山深处，也像从历史的云烟里吹来的悠悠长风……而这一切都已让我们充分感知。这种宁静，并没有让外物挤压，简单而言，它只意味着单纯、澄澈、透明。也许我什么都没看见，这才可能做到什么都看见。

久违了，在飞掠的鹤翅于内心的重重倒影之间，似乎感悟到了另一些东西。一个历史学家或许会把我感悟到的，称之为"复活的历史感"；而一个文化学者，可能会认为这是一种文化认同感的苏醒：自然山水，传统文化与民俗……它们既亲切得像每日端上餐桌的家常菜，可又遥远的像一个太过缥缈的梦。那梦里该有我们真正美丽的家，有我们永远不会放弃的生活以及同样也不会放弃我们的生活——那应该才是最终能让我们心安的世界。

在沙溪古镇，无论是风雨桥，还是寺登街，或者就是那一盏风灯高擎在门柱上，供马锅头们打尖的"古道"客栈的木门前……再看一眼，多看一眼，你一定不会觉出距离。而厨间见到的那个细眉细眼的女孩儿，倒像是戏曲舞台上西厢房的一片半透不透的竹帘子，轻轻掀开一角，没等你朝里面看个仔细，她倒先静悄悄地合上了。

哪里都是一条条干干净净的碎石路，就像每一个清晨都用清水用力洗刷过似的，湿漉漉、亮晶晶，让脚印也如同马踏飞燕，一径走向云天；人在路上，仿佛散之又散，随风飘散，走过算过，似雁过无痕。

而乡愁，却很自然、感伤、惆怅地涌上了心际：何谓故乡？出生地？表格上籍贯一栏？文化记忆中张翰的鲈鱼、莼菜？陆放翁伤心桥下的绿波？又或是福克纳邮票大小的故乡小镇杰弗森镇？莫言的高密东北乡？

"故乡"之"故"，我倒是宁愿把它视作一个表达时间状态的语词，一个被凝固了但又固化着被称作为"时间"的存在物的语词。这样，我也就可以在时间的永恒绵延之中,一次次寻求梦中的"故乡"。

"旧时王谢堂前燕,飞入寻常百姓家",循着唐代刘禹锡这首《乌衣巷》,我曾轻而易举地找到了诗中的"王谢"(分别指东晋开国元勋王导和指挥淝水之战的谢安)的家,都安在秦淮河岸边的乌衣巷。乌衣巷名称依旧,也依旧繁华鼎盛,但眼前却是一片崭新的鼎盛繁华。那一刻,我只能像另一位作家那样,发出无可奈何的一声喟叹:"回归的路永远迷失",这也许是一个"他乡"、"异乡"无处不在的年代?

王尔德曾在他类似小说的文章《W. H. 先生的画像》中,以他惯用的睿智笔锋写出苦涩的感叹:"影响乃是不折不扣的个性转让,是抛弃自我之最珍贵物的一种形式。影响的作用会产生失落感。"正是在经济全球化与文化全球化的大背景下,"一统"、"一体化"、"大同"、"世界性"的口号才甚嚣尘上、于今为烈,才愈发使得"故乡"难回,而"乡愁"已然受到了城市和乡村的双面抵抗。

需要提及的是大理作为"远方中的远方",更像一个"老人中的老人",一路向我絮叨着那些有根、有枝、有叶的文化传承:银器、木雕、扎染、刺绣、沱茶、枣红马等。一个朋友的朋友的孩子(说来绕口),在那里的一条僻静古街上,开了一家小咖啡馆。那夜,他秉烛相邀我们一行去小院里昏暗的一角,察看云南本土咖啡树披着月光的枝叶。听见他喃喃呓语的是:种子从何处来,土性,传统品种与现代环境如何结合的问题……就像是在说一个人现在究竟该如何生活。

还记得那是在1925年昏暗的油灯下,鲁迅恍惚看到一个《好的故事》:"这故事很美丽,优雅,有趣。许多美的人和美的事,错综起来像一天云锦,而且万颗奔星似的飞动着,同时又展开去,以至于无穷。"这种种的"好"中包括了:乌桕,新秋,野花,塔,伽蓝,蓑,笠,天,云,竹,萍,藻,游鱼……归纳起来,那不就是乡土中国的理想世界吗?

　　当我在沙溪兴教寺经千百年地震也不倒的巍峨殿堂里，听本地的专家如数家珍般一一说及古道、古街、古寺、古宅、古戏台、古井、古墓、古集市……却不免心虚：也许等我们都老了，大理却永远年轻——你看，你看这不变的东方的脸！

野瀑之忆

　　曾几何时,几个朋友围坐一圈,回想三十多年前某个夏季,有过一段年轻的漫游。说话间,却让那本难以接近的山与水遥远地黯淡下来了,因为我们的话题,仿佛永远在暴露差异性。如果就有那么一句话,可以将你的心敲碎的话,你说它只能算是一句话吗?

　　真要比较起来,论戏剧性与情节跌宕,老妹子的偶遇故事,早已拔得头筹;论奇幻,我一定没有如某前辈大胆而活跳;论煽情,可又没有某美女那夜莺啼血般的感染力。我说的是深山夜游,邂逅一挂无名瀑布的往事。

　　回忆中,即使最优美的词语也已失色。我差不多用了《红楼梦》里的奇妙构词"泻玉"来比喻,也很想直接诵读徐霞客笔下的壮丽形容:"路左一溪悬捣,万练飞空,溪上石如莲叶下覆,中剜三门,水由叶上漫顶而下,如鲛绡万幅,横罩门外,直下者不可以丈数计,捣珠崩玉,飞沫反涌,如烟雾腾空,势甚雄厉,所谓'珠帘钩不卷,匹练挂遥峰',俱不足以拟其壮也。盖余所见瀑布,高峻数倍者有之,而从无此阔而大者,但从其上侧身下瞰,不免神悚。"

　　这个穿越的探险故事,倒很像是我们的传奇。而说话的过程中,我不光是表情,其实说出的每一个字,和内心皆有很强的关联。或许对现在的我而言,要能够更强烈地把语言嵌合于内,怕就只有沉默的心语了?且不说那些让我心领神会、激动失眠的词组:漠漠浓云,蒙蒙黑雾;雷车轰轰,闪电灼灼;滚滚狂风,淙淙骤雨……

但那几位听了却还是面面相觑,又喜又惊又悲又叹之后,其中一位眨了眨眼,一摊手说:"想不起来了……"也许,所谓往事叙述,得试着变得柔软,而非坚硬;流畅,而非拘谨;热烈,而非急躁;发现,而非寻找。自然,我也期待那种侃侃而谈、一泻千里之语势,但却总也不能够。就像走了很远的路,到了城市的旧区,走到后才发现,眼前是一片拆迁后的废墟。人都不知到哪里去了,又何况窗前的那棵树?

疲倦、无奈、妥协,似乎还有那么一些不甘。我几乎是按着自己的头,那么反复地细说那个月朗星稀之夜。且还要以拙诗为证,以证明曾经让我们惊叫的瀑布的独一无二,实难以忘怀……可这诗也是我在多年后,凭记忆写成的,不足为凭。索性不管三七二十一了,"呈供"如下:

野　瀑

像落入绝望的梦

所以才突然暴跳

倒流、狂啸

我们却由此而倾斜

看山峰倒悬

剥离石髓,劈断树根

花叶飞溅似碎玻璃……

啊,一条飞鱼

中弹似的被击落

又一条猿臂相与腾跃

……迎头撞来的鹰隼

和坠落的月亮一样
倒栽在一片水银色中
颤——抖——

"哇"的一声
带着被窒息的
惊呼，疾风穿越重山
亦似穿嗓穿心而过……

也因此，我们再一次集合重游了。可惜，这次既没有看见如某老友妙笔生花的"珍珠屏"效应，更没有听到我所强调的"雷鸣般的掌声"。哗哗扒开落叶，虽依稀见到巨岩下水口的涓滴迟缓，却已是歉然无声了。

但那几乎难以发现的道道白虹，在寒气里却悄然升起在头顶。一似水汽雾化、岚化，但也竟能还原我的美妙旧梦——当年的游伴，刹那恍然醒悟，并连连叹息着："想起来了，想起来了，一丝不错！"

此话当然不是说我所写的"飞鱼"、"猿臂"即为真，现代诗也是需要通过夸张来表达惊奇的。一如当年，老天让那一个个年轻、洁白的前额，勇敢地探入到亘古的黑暗中一般。但谁又真正目睹了自然生命的全过程呢？

缅怀着那片曾经的大水，静若处子。而我们当年那份汪洋恣肆、豪气干云状，如今断然也是做不出来了……

解码城市 →→→

眼泪中的永恒

    第四届"应氏杯"第一阶段比赛，常昊以０∶２的比分铩羽而归。某报马上以３号黑体打出"常昊哭了"的使人惊心的大字标题，好不令人伤怀。应该说文章作得很漂亮，由微观而宏观，由一角而全局，得出意味，得出感叹，其言其论也使人信然。

    可能是性别使然，我抱着脑袋一通乱想的却只有"常昊哭了"这四个字，不触及深意，只有泪水。哭，可以说在我个人的情感体验中占有极重要的位置。童年时，我为一切而哭："我为一根刺向母亲哭诉"（舒婷诗）；上小学时，我因为受了顽皮男生的欺负而哭，也为哪次考试没有得第一而哭。记得有一次，课上到一半，当同学们集体朗诵到"面包会有的，牛奶会有的，一切都会有的"的时候，老师一拍脑袋，"啊呀"一声道：我把饭盒忘家里了。她用笑微微的目光在五十几双天真明亮充满渴望的眼睛中逡巡了一圈，我心跳，然后用手抹了抹眼泪。老师竟把自家的钥匙——在我看来这是非同一般的荣誉——交给了一个捣蛋鬼，我感到伤心绝望。

    多年以后，这位我的第一任班主任老师，依旧笑微微地、笑出一脸灿烂的鱼尾纹说：你呀，是哭着长大的！老师说这话时，我觉得是她脸上的让我陌生又让我亲切的、那些鱼一样跳动的鱼尾纹在丈量着我的成长，我的别别扭扭的成长。那些鱼尾纹又让我惊栗，它好像地图上的江河，曲折而奔流，涛声在看不见深度的线条下埋伏，浪尖上有着宁静以致远的时空坐标。我在老师脸上的这张地图前迷失了自己，我在找：究竟哪一段河流里蓄积了我整个小学阶段的泪水？！

以后我的泪水流向了哪里？是东海？还是南海？我缺少了一幅地理课上的挂图，缺少了一个个坐标，流也就流了，流散了，流失了，不管它了。反正争了一会儿角地，占过几次"边"，打了无数道"劫"；翻过几回筋斗，也没数过；经历了多少梦幻，那是要数也数不清了。一句话：我哭过，但不敢以"长使英雄泪满襟"自况，也不能以"梨花带雨"自比。这里我所说的"哭"，不是简单意义上的，只牵动面部肌肉的生理上的哭，而是更本质意义上的，可能有形可能无形的心中的哭。但近年来，我哭得太少了，太少了。是焦虑紧张的生活让我没时间哭泣，抑或是我的泪腺已近乎滞塞？

在这时，常昊哭了。多好，哭了。蓦然之间，我想到了舒伯特的《眼泪赞》，想到了哭泣之中也藏匿着某种玄理。

常昊是爱哭的，棋赛失利后他微红的眼圈被摄入了电视镜头，就有人在网上叫他"常嚎"，棋友中褒之贬之皆有。人说世事如棋，就是说一局棋的胜负如世事般难料。既然世事中有种种偶然，种种心愿难遂就成了必然。天地方圆如棋盘，人如棋子，三步五步一百步之后，天地依旧无言，只听见"啪啪"的落子声或者说脚步声，入山涉河唯恐不深，又唯恐太深；一只"眼睛"是死，两只"眼睛"就是活，但闭上的"眼睛"可以睁开，睁开的眼睛又可以闭上。沿着"大风歌"的征程，拾得了旧兵器，又逢上了"月落乌啼霜满天"的时辰，再回首又见长城一样长的尖啸的长风里，一串响亮的火把……你已经伤痛满怀，你已经丢失了所有的行囊，你只要"赢"——常昊，是长浩，是仰天长叹，是浩歌一曲，是壮怀激烈啊！

而你的对手和你一样，这是一对基本矛盾：两个人坐在棋盘前，只有一个人能赢——只有拼杀，即使你们的棋艺的差距细微得比头发丝还细，那也要比出微米甚至是纳米之差。没有什么你好我好哥俩好、大家好，军功章也不是一半一半分的，竞技体育的残酷性正体现于此。与常昊等相比，海明威与福克纳是幸运的，这一对文坛上的老对手，彼此挑了一辈子的刺，但也彼此分享了"大师"与"文豪"的尊荣，并没有排名先后之分。

常昊又怎能不哭呢?! 目前常昊与李昌镐的胜负比为 1：13，但并不等于他们水平差距也同此比例。何况还有偶然，还有一念之差、鬼使神差……假如你非常非常努力，但还是输了;假如你一盘不行，再来一盘，又一盘，你追了，也赶了，但还是差那么一点点，看起来是"永远"的一点点，如之奈何? 这一点点不分出，不行。认了这一点点，就不是一个真正的棋手、战士。像一个想当将军的真正的士兵一样，你期冀的是永远的胜利，是凯旋，是鲜花，是欢呼。

而此情此景，将何以堪? ——一盘失败了的棋，你理解、承认，甚至还异常清晰地分析出"败着"和导致"败着"的原因，愈是明白、清楚，就愈是加深了你痛苦的程度。当你面对自身、面对"永远"作战时，"胜败乃兵家常事"的话，是不足以自慰的。是有一句话，叫"男儿有泪不轻弹"，但接着后面还有一句作补："只是未到伤心处"。若用罗兰·巴特的观点来说，我们的社会生活往往重视"不轻弹"，而忽略了"包含于眼泪中的永恒的东西"。

还有一句话，叫做"情到深处人孤独"，当你孤身奋战时，隔一道墙在外面挂盘讲棋的高人正把"沧海变良田"或"良田变沧海"说得颠来倒去，或者用"脸一抹，菩萨变恶魔"来形容你的形势危急，却没有人帮得了你——你是孤独的，孤独的生与死，孤独的灵与肉，脆弱又与孤独同在。有的棋手会"缺氧"，有的棋手会"汗出如浆"，形式不同，但表达的还是同样的内容。

你哭。我的一位文友说，那是一种泪水叙事。哭，同样可以表达

"锄禾日当午,汗滴禾下土"的人生在世的艰难与不易,还更是一种对人生的深情诉说。我还以为现代人的泪腺日益萎缩,不一定是坏事,也不一定是好事。由此,我怀念那些能够轻松哭泣的日子。我愿意抄录一段法国历史学家米歇莱记载的法王路易九世的故事与常昊、与所有痛快挥洒泪水的人共享。故事是这样的:路易九世为自己没有掉泪的天性而痛苦不堪,但忽然有一天他能够落泪了,他激动无比,米歇莱说:"那泪水不仅对他的内心,而且对他的舌头都是那么有滋有味,令人惬意。"

在一篇美文里,读到一句最美妙的句子:泪水太少,我舍不得擦去。

不管是男儿泪,还是女儿泪,珍视泪水的人生有福了。

城市生活

回 忆 之 境

你可以想象有许多事情总是发生在凌晨时分。那是夜的边缘地带与白昼的边缘地带的结合部。它们在那儿结合,孕育出一种熹微之光,浅灰之云,当然也蕴涵着一个时间上的概念:凌晨。

古人说:这是更残漏尽之时。

而我对童年的回忆总是落在这一时分,像准点抵达的客机,在这时缓缓地将起落架放置在坚实的陆地之上。我的回忆在展开了联想、梦、希冀等诸多形式的变幻之后也是在这一时辰有了陆地。它是思维在漂泊之后,身心在漫漫长旅之后,赖以休整生息的一块陆地。

我说的是童年对于回忆的意义。我同时所说的,也是凌晨在我的童年时所占有的意义。

空寂的大街在我的想象之中蔓延。回忆在此刻衍变为一种想象,或者说衍变为一种必须依靠想象的补充,才能够继续进行下去的精神形式。陋巷在回忆中却衍变得真实无比。在它与空寂的大街的相交之处,显露出一个洞穴。

篱笆、木桩、一只孤零零的袜子悬垂在竹制的晾衣竿上,以及屋檐之下被潦草地书写着的一只隐蔽的雀巢,构成这一洞穴的表象。由于有了黑夜与白昼调制出来的熹微之光的映衬,这一洞穴的表象或被夸大了。它丑陋,它狰狞,它像一个洞穴,但更像一只巨兽之口,你可以想象它是蛇蟒之口,你也可以想象它是虎豹之口……重要的是,还得继续想象一个女孩子,出现在了这一巨兽之口。

那个女孩就是我。

你将迅速地发现陋巷或者洞穴或者巨兽之口,这一画面有了另外的意义。它强调的不再是恐惧或者狰狞,它隐喻着一种难以诉说的温情。在这时,风是潮润的,因为凌晨,也因为我成长的这座城市濒临太平洋东岸。你可以感觉到空寂和辽阔的一种联系,它产生了飘逸,却不是恐惧。我的发辫在这时蓬松而凌散。它们等待的似乎就是这一刻,让潮润的风与我的手指一起梳理它们。它们在此刻变得完整,像铜雕的魅力,产生在光线变幻之中一样,它们也在凌晨变幻着的光线之中,获得一种魅力。

我已经走到了大街上。我清晰地听到我的足音。我的塑料鞋底与柏油路面摩擦之后发出了清晰的嚓嚓声。它们在空寂的大街上经久不散。我在回忆之中总是能够听到这种声音。在经历了十几年时间之光的过滤之后,它们似乎仍然清脆、澄澈,虽说少了一些童年所具有的欢快和单纯,多了一些时间的意味。一如远古的木斧声隐隐传来,但它们仍然清脆、澄澈。在我的回忆中,我似乎是"看见"了这样一种声音,如同看见了我童年时执着地爱着的一条碎花短裙。

像一种默契,在我穿越了大街之后,在一棵高大粗壮,树身上结出一块巨疤的梧桐树那儿,往往会遇见一个和我年龄相仿的女孩。我们从不交谈,但我们也互不提防,事实上我和她一样,不提防任何人。鱼肚白似的黎明已经抵达了菜场。我们各以一块砖或一只竹篮代替自己,在鱼柜前、在肉柜前,或是在蔬菜柜前排队。或是我第一,或是她第一。我们一起静静地等待空寂的菜场渐渐热闹起来,喧嚣起来。我们那时不知道,我们其实也是在等待巨大的城市热闹起来,喧嚣起来。

　　我们研究晨光。在那时我对光的变化就有了一种铭心刻骨的感受。在菜场的席棚中央,有无数方形和菱形的细孔。光就从那儿细细密密地倾泻而下。起初它很淡很淡,像一块黑墨上凝结着一根青丝,虽有差异却极易恍惚而掠过。渐渐地,它变深变浓,女孩的脸渐渐地有了清晰的轮廓,恍然有了金黄的汗毛……

　　你已经可以肯定,在那时我与害怕、恐惧,有着多么遥远的距离。是从哪一天开始,我忽然对童年的回忆产生了一种害怕,我已经难以回忆了。能够肯定的是在此时此刻,我沉溺于也偏执于一种假设之中,倘若在凌晨隐现的街道拐弯处,忽然斜刺里冲出一个蒙面大盗呢? 黑暗在这时已被我的心境夸大了,它们似乎有了一种庞大无比的体积,顽固地占据着我对童年的回忆了。

　　抑或也是一种隐喻? 是对回忆这一精神形式的隐喻? 倘若回忆被一再重复,被不同的年龄与心境重复的话,回忆又有多少是牢靠的呢? 像一只鸟回忆一棵树,像一艘船回忆港口,自以为存在着永恒的距离,却忘却了自身的运动。想明白了这一点,我是多么怀念那个在空寂的大街上无所畏惧地行走着的女孩。

　　或许只有在回忆中,那个女孩永远在无所畏惧地行走。

遗 忘 之 境

1

　　我不能注视黄昏。我总是希望黄昏来临时我正在忙碌。正在屋顶的庇护之下而不是在野外。如果我注视黄昏,注视暮色如何渐渐吞噬树、吞噬楼宇、吞噬流云及辽阔的天空,我的心会有莫名的不安和痉挛。

　　我想我对黄昏来临的害怕,对我唯恐不能遗忘黄昏来临的害怕,还是和我的童年有关。

你可以看见一串钥匙挂在一个小女孩的脖颈。在她渐渐长大之后，这串钥匙到了她的书包里。

她是长女。她比小她两岁和三岁的妹妹多了许多责任。她掌管钥匙。钥匙就是责任的一部分或者就是责任本身。钥匙说是一串，其实只有两把，一把大的，一把小的。大的钥匙是房门的，是黄铜的。许是经年累月的缘故，她小小的掌心已把它磨砺得锃亮。

她有时把它举起放在阳光之下，那凹凸状的齿痕在阳光下格外鲜亮，像山、像头戴盔甲的古代士兵举起的戟。她喜欢那把大的、黄铜的钥匙。她使用它的时候，两个妹妹就像归巢的小鸟依靠在她的身后，然后她们欢天喜地地扑进房间。

她不喜欢的是那把小的、铝制的钥匙。它开启的锁在厨房。厨房四家合用。四户人家都有一个碗橱。碗橱上都挂着一把锁，锁着里面的油、盐、酱、醋、胡椒粉、五香粉、茴香、桂皮……她从来不曾把那把小小的、铝制的钥匙举起在阳光下。她觉得它就像它开启的锁一样，挂着一层黏黏糊糊的油烟之气。

它笨头笨脑、圆圆乎乎的形状总会无端地让她想到同班邻座阿梅乱蓬蓬的辫梢或是一部电影里拴马用的木桩。它拴着的是她，是她小小的年纪、小小的胸膛里的一颗爱跳动的心。在每一个黄昏到达的时候，她不得不使用它。她极快地抽出它，然后听到它嘶哑地叫出一声"啪嗒"。它开启了她不愿接触的世界：油是黄的，盐是白的，而酱油非紫非红非黑……

你可以看见她所喜欢的与她所不喜欢的，两把钥匙都挂在她的颈上。在她渐渐长大之后，它们都藏掖在她的书包的某一夹层之中。

遗忘就在那一刻发生了。她总是遗忘它们，无论它们是挂在她的颈上或是藏掖在她的书包夹层之中。她说不清什么理由，她总是遗忘它们。这肯定不是一个喜欢或者不喜欢它们的缘故。她喜欢它们中的一个,不喜欢它们中的另一个,喜欢与否解释不了它们整体。

有许多个黄昏,两个妹妹紧张地依偎在房门前哭泣。她们要进房门去,做功课、玩过家家的游戏,而她却把她喜欢的那把鲜亮的钥匙给遗忘了。她翻遍书包的夹层或是翻遍衣衫的每一个口袋,都没能找到它们。天色往往在那时黑尽,在那时让你感觉到像一张巨网,网上跳跃闪烁的灯光像鱼。邻里的灯像鱼一样闪烁。可多一盏灯的闪烁,就紧跟着妹妹们的一声声抽泣。最后,所有的灯都亮了,只剩下她们簇拥着的门前的一片黑暗、一片静寂,间或还有抑制着的抽泣之声。

她不哭。听着妹妹们的抽泣之声她不哭。她只是害怕至极。她充满羡慕地听着邻家的女孩用钥匙打开厨房的碗橱之门,听着厨房里响起了煎、爆、炒、熘的声音。她在这种声音的相伴之下,习惯地等待一个时辰的到来。那个时辰已经不是黄昏。而是晚上 8 点。在那个时辰,父亲将归来,母亲将归来。他们饥肠辘辘,疲倦至极。然后他们拿出他们那把和她相同的钥匙……

她就这样长大了。就这样对着黄昏的到来充满预感、充满某种如同时针般的精确的把握。黄昏就在那一刻降临,在她小小的心蓦然爆发出一阵痉挛,或是一声呻吟般地跳动之后降临。然后她紧张地打开书包或者紧张地将书包摇出声音、摇出书与书、书与铅笔盒、书与钥匙、铅笔盒与钥匙以及黄铜的钥匙与铝制的钥匙所碰撞之后发出的声音。

在空寂的、黄昏时候的楼道里,或是在学校操场的秋千架旁。她摇出的这种声音很响。这表明她害怕遗忘。她总是在这需要钥匙的时刻、一个似乎命定的时刻害怕遗忘——遗忘钥匙。

2

逝去的流水

载来被太阳晒成棕色的帆

——引自我的诗《我总是遗忘……》

继续遗忘。

其实我在生活着,像许多人那样生活着。我知道遗忘是一种必然,是时间的一种必然。但在此刻,我不知道我该如何表达对于遗忘的感受。占据我心灵的是一种丧失感,是因为遗忘而生发的一种悲哀,一种无可奈何,它使我的悲哀程度与被人遗忘、被一个熟悉亲密的朋友所遗忘相似。

我度过了岁月。在砾岩旁,在江河之畔,在喧嚣的教室或是宁静的教室,在大街拐角的那个点心铺或是缝衣摊,我和他曾有过惊心动魄的争吵,也有过谈诗论道而诉诸言词的愉悦,但我在命定的时辰,却将它们全都遗忘了。我怎么确定,怎么证明那一段岁月曾经是我度过的呢? 证明那就是我呢?

遗忘是对生命能量的一种挥霍。纳维尔——那位弗吉尼亚·沃尔芙的著名小说《波浪》中的角色,他和我一样,对生命能量的这种挥霍,这种无法证明自我存在过的遗忘,一样有着一种害怕、一种恐惧,在他诗名大震之后,仍然在口袋里放着一张自己的名片,作为姓名、作为自我的一种证明。

现在,想象另一个夜晚(在拥有遗忘的同时,我可以同时拥有想象吗?)。

4 月的很柔和的一个夜晚。江之畔。有雨。我们拥有一块堤岸。我们拥有的堤岸是干燥的、晴朗的。这说明我们抵达江岸是在那场雨降临之前? 抑或是因为我们披着一件衣服,一件款式和颜色都十分古老的衣服？波涛拍打着堤岸,拍打着一只无帆无舵的舢板？(它恍惚,它明明灭灭闪着一盏马灯般的光亮。它果真在那时存在过吗？)江鸥拍打着潮湿的翅膀在飞翔,巨轮长庆号或是长安号在那时从江心驶过。(在那一刻我能感觉到它驶过吗？但为何我却想象到一只舢板的存在？在时间之中,空间并非因为体积的大小而分优劣？)有许多人从我们身后,从我们披着的那件衣服后走过,我们没有感觉。我们面对波涛、面对波涛中摇摇晃晃的城市灯火。我们无暇感觉身后。但后来我们感觉到有一个人驻足在我们身后。他(或者她?)伸出手从我们披着的那件衣服口袋里取走了一样东西。我们没有理会,我们没有转过身去面对另一个世界。少了什么？是一包烟。他说。若干年后,他仍然说少了一包烟。不是皮夹子？我说。不是,他说,那时我没有皮夹子。是从来没有皮夹子,还是从那个夜晚没有皮夹子？我说。他开始闪烁其词。在他的闪烁中我再一次看见那个夜晚的闪烁。

灯火也在闪烁。那个夜晚结束在一盏桅灯的闪烁之中。一辆橘红色的公共汽车疾驰在夜雨滂沱之中。它的尾灯,也在离站之后仍然闪烁不停。湿漉漉的天,湿漉漉的地,我们湿漉漉的,在城市的市郊告别。

我记住这一切了吗？其实我记住的只是那一夜这一个事实,而所有的过程如同流水之中的船而不是流水之中的岛屿,所以我说:我想象一个夜晚。

3

回到童年。

那个颈上挂着一串钥匙的女孩长大了,但她常常回到童年。童年是她已经无法遗忘的,如同她对于黄昏的感觉一样。

在她耽溺于童年岁月的回顾中，她已经面临着遗忘的悖论。舒婷写道：*青春的背影正穿过那片桦树林/走向遗忘*。遗忘在这时是一种伤感，就像童年时钥匙遗忘所导致的结果一样。它令她小小的心痉挛。遗忘是不会令人愉悦的。

然而，又正是遗忘的这种令人不愉悦的性质，驱使人学会遗忘。在她长大后，她一次又一次地希冀自己、命令自己学会遗忘。首先在黄昏的时候学会遗忘，学会转移自己对黄昏的感觉。在那一刻到来之前，在暮色即将笼罩大地之前，躲到一本书里去，躲到电影院的穹顶之下，或是躲到一盆即将洗涤的衣服之中。

学会遗忘却又是何等艰难。一段若有似无的梦的残片、一团风、一摊都市人围观的血泊、一段警匪片中的打击乐……皆难以遗忘。它们固执，比童年时黄昏的感受还要固执。

她怀着对于某件事情无法被遗忘的害怕心情与他交谈。她坐在一个很小的房间里。但她知道以前这一个很小的房间常常挤满了人，男的、女的，写作的、不写作的，知名的、不知名的，总有许多人（现在她无法遗忘这个小小的房间以前有许多人），他说，想出国去（她想以前他从来不提要出国的事），他还说，学外语很有意思（她想以前他说为什么要学外语呢？辛格是用意第绪语写作的，但不是有英语很好的人来翻译他的作品吗？），她看见一团月光泊在写字桌的玻璃板上（她在以前为什么从来没有发现过写字桌的玻璃板，也可以像一个湖呢）。在这时，在这间小屋里，她感到了自己的不成熟，感到自己的心境缺少一种历经人生各种滋味的苍凉。她要学会遗忘。

也正是在这时，她感觉到一个完整的、没有雨意、没有暖意的秋日的黄昏，正在头顶上方的某一个空间酝酿成熟。它正在急切地等待降临。

自 然 之 境

1

　　长久地盘桓在一个地方。在都市,这是一个被遗忘的地方。它很大,出奇的大。说是要在这里造体育场的,就圈出了这一块地。这一块地就有了未来的体育场那么大。说是说了好几年了,好几年这么一块地就这样空着、闲着。在它旁边的高楼一幢幢崛起,有了商场、有了食品店、有了饮食摊、有了煤饼店……而它依然这样空着、闲着。

　　多了篱笆。很好看的细细的竹子编就的篱笆。它被篱笆包裹着,像一个野孩子散漫地披着一件棒针衫。我不忍心想古代的宫墙,古代的宫墙所包裹着的宫女们。其实它和她有着相仿佛的命运。

　　附近的孩子们多了一个去处。他们喜欢钻越篱笆到那儿去。篱笆被他们日复一日、年复一年地钻越后有了一扇门乃至许多扇门。进了那样的门后,豁然开朗。那儿依然完整地保持着田野的形状。格子状的田垄,纵横交错的阡陌,以及偶尔逗留其间的一只、两只池塘。只是田垄里再也不见稻菽菜蔬,池塘里也没了鱼鳖,它们和纵横交错的昔日阡陌一样,被数不清的狗尾巴草、羊齿草旺盛地覆盖着。

　　我长久地盘桓在那个地方。沿着孩子们的篱笆门洞,我到那儿去。对小路的辨识使我的脚步变得异常艰难。在昔日被农人们的脚步夯实的小径上,草们顽强地生长着。我像草们一祥顽强地探索着萎萎野草之下的昔日小径,向昔日一片田野的腹地,向来来体育场的中心地带逶迤而去。

　　正是晚秋,秋很辽远。在这个地方,秋变得或者说显得格外辽远。都市在近旁,田野或者说原始的第一自然在更近旁。在都市,秋早已失却一种辽远的意味,只是在这儿,在这个被都市遗忘的一隅,秋依稀保持着它来自自然的一种辽远。三三两两的孩子们像三三两两的星星散布在天空一样,散布在昔日田野的角角落落。生长得很高的草掩去了他们的身体,只可以看见他们晃动在草穗之上的脑袋。他们在寻觅蚯蚓? 在捉金铃子? 不知道。

我感觉表明的是,我就是我了。在烦嚣的都市生活中,我保存着对于野性的自然的一份渴念。这份渴念或许并不拒绝村落,拒绝耕耘,却拒绝混凝土和钢筋的覆盖。

有过一次奇遇,在这块土地上。突然下雨,很大的雨。草们在雨中突然充满韵律地随暴雨狂风摇曳起来。我没带伞,我只穿着裙子和衬衫,衬衫束在我的裙子里,裙子很长,几乎可以曳地而行。在不期而至的狂风暴雨中,我自然不能狂奔。因为很长的裙子,也因为草们占据着道路。黑压压的天幕垂落下来,乌云已压在头顶,而闪电刚刚划过眼帘,炸雷响在耳畔。在风雨交织的荒野之中,在一片混茫茫的天地之中。我想我应该害怕了,然而我没有,事后不管我怎么回想、怎么启示自己在那样的自然之前,应该有一种惧怕心情——但我都没能唤醒自己的惧怕之情。

这种没有出现的害怕之情或许和一间茅屋的不期而至有关。它突然降临了,那场雨那样突然降临了。在昔日的田野的中间,居然有着一间茅屋。极简陋,几根碗口粗的茅竹,盖有几块油毛毡作顶,再有几片篾竹作墙,就算一间屋子了。没门,进口有门的形状,但不是长方形的,而是不甚规则的三角形。我想我在哪儿见过这样的门洞。想了许久,方才隐约想起是在一本半坡的画册之中。

雨继续茫茫地下,我却有了一个避雨的所在。茅屋里没有人,茅屋的主人看来毋需看守这样的茅屋。

不远处都市中的任何一个贼不会光顾这样的茅屋。环顾茅屋,我发觉在作支架用的一根茅竹上,斜倚着一柄锄头。锄尖很亮沾着泥块,却没有锈迹。接着,我在门洞之外发现了一片被耘过的田畴。它不大,只有几分。在它之上长着一片毛豆秧或许是扁豆秧。我不能区分它们。我只是觉得它们绿油油地、生机盎然地生长着。它们在一片茫茫雨意中似乎在摇曳、在舞蹈。

我感觉到了什么,却难以表达。我在那时感到的肯定不是惧怕,而是亲切。是久违了的一种亲切依稀夹带着几缕惆怅。我猜测茅屋的主人,那柄锄头的主人肯定很老了。我完全是毫无缘由地如此猜测。我还猜测那位老人以前一定是这里的农人、这里真正的主人。但他忽然接到一张通知,他得搬迁,搬到近旁的、不断扩展的都市中去。他搬迁了,却难以割舍对这片土地的情感。现在,他是这间茅屋、这柄锄头的主人,却唯独不是这片土地的主人。这片土地的主人已是城市,已是一座体育场的筹建处,那是挂在某一处篱笆之上的,白晃晃的牌子所显示的。

我不是那位假想中的老人。我是城市所滋养大了的。但我为什么却会对这间茅屋、这柄锄头、这片风风雨雨的昔日田野产生一种亲切之情呢?

那我——即在渴念着了。在渴念的意义上,我和那位假想中的老人,那三三两两散布地昔日田野之中的孩子们一样。

2

哲人康德说:好像要压倒人的陡峭的悬崖,密布在天空迸射出迅雷疾电的黑云,带着毁灭威力的火山,势如扫空一切的狂风暴雨,惊涛骇浪中的汪洋大海以及从巨人河流投下来的悬瀑之类景物,使我们的抵抗力在它们的威力之下相形见绌,显得渺小不足道。但是只要我们自觉安全,它们的形状愈可怕,也就愈有吸引力;我们就欣然把这些对象看做崇高的,因为它们把我们心灵的力量提高到超出惯常的凡庸,使我们显示出另一种抵抗力……

我对那场不期而至的暴雨、对那间茅屋所进行着的耕耘所怀有的渴念,或许和康德的表达有关? 然而,它毕竟不是全部。至少我在自然面前的这种感受,我觉得康德只不过表达了部分。它远远不是凡庸或非凡所能够全部表达的。

你可以看见我伫立在岸边。海的岸边。我是安全的,海对我没有任何威胁。海很平静、安宁。然而我却没有产生康德所说的"数量上的崇高感"。我感觉到了海在体积和空间上的巨大,我却没有产生崇高感。我感到了一种害怕,一种确确实实的害怕。

海果真宁静至极。没有风的声音,没有浪的声音,没有鸥鸟振翅划过的声音,没有帆升起或滑落的声音,没有鱼追逐的声音。海凝固了。你可以看见我站在岸边也如同凝固了一般。我对没有声音的海感到害怕。

海还是一种色彩——蓝色。浅蓝、蔚蓝、靛蓝、紫蓝、湖蓝。你所有关于色的划分都可以用于表达海的色彩。近岸边是浅蓝,海的中心是深沉的靛蓝和模糊斑驳的紫蓝。一座岛的边缘呈现出湖蓝,海与天的交接处是氤氲、朦胧的蔚蓝。蓝色占据了海,或者说海表达了所有的蓝色。

你注定渺小。我在海之岸边对自己说你注定渺小。但让我害怕的不是我的渺小。我的渺小是注定的,既然是注定的,我为什么要为渺小去感到害怕呢?

一艘很大的油轮泊在海的中央。它是我感觉中的海的中央。其实海是没有实在的中央的。它的船体是一种灰蓝的调子,水线处是一种紫蓝色的嵌线。它的停泊也意味着它的凝固。它和海岸边的我一样凝固了。

在这时,我才隐约感觉到我的害怕缘何而来。我想它和凝固有关。声音是一种凝固,色彩是一种凝固,船是一种凝固——它如同画在海中央一般——正是这种凝固让我害怕。

我进入到想象之中。这片凝固了的其实是一个巨大的生命体,在这个巨大的生命中又拥有许许多多小生命,像一个人拥有许多细胞一祥。海拥有海豚、海狮、海豹、鲨鱼、章鱼、金枪鱼、电鱼、鲍鱼、虎斑贝、珊瑚……海拥有数不清的生命。但这数不清的生命在此刻,却又以一种凝固了的形态向我表达出来。

3

梧桐树的叶子一片又一片黄了、凋零了。生活在寄宿幼儿园的孩子回来对我说:妈妈,这个星期天老师要我们去寻找秋天。要爸爸、妈妈带。

那天我们一家三口去公园。孩子找回满满一马甲袋的秋天:红了的枫叶、草、肥大的梧桐叶以及一只地摊上买到的蟋蟀。

这就是城市的秋天了。孩子很高兴,他拎着秋天,秋天沉甸甸地躲在他的马甲袋里。他为躲在他的马甲袋里的秋天而高兴。他找到了。他找到了老师要他寻找的秋天。

我没对孩子说,秋天有时仅仅是一种感觉。只要你有感觉,你早就寻找到秋天了。孩子不会懂,而我早就懂了,我对季节的更替有着一种仿佛与生俱来的感觉。

感觉自然。对我来说不仅仅意味着盘桓在昔日的田野之中、凝固在海边或峻崖之上,它对我首先可能意味着感受季节、感受春夏秋冬的四时嬗替。

城市中的季节总是模糊的、暧昧的。你听不到冰雪融解的迸裂之声,听不到这种迸裂之声如何在山谷化为潺潺淙淙的流水的声音。你只能从忽然穿上皮裙、穿上加厚长筒袜的女人们的背影,从天气预报的气温显示上,隐约领略一个季节的交替。但在我——感受到的却是一个巨大的生命体的呼吸。这是一个比之海、比之天空更为巨大的生命。我把季节的更替视之为它的生命的律动的一种形式。

我伫立在海岸边所感受到的害怕,在更深的背景上与此有关。我不能够明白,我诞生于城市之中,生长于城市之中,却为何在思维的形态上如同列维·施特劳斯在《野性的思维》中所描述的野蛮人一样,把雷电风暴、山川阴晴均看做一个巨大的生命体的表征。或者确如布留尔所昭示的那样,我在此刻的思维是一种原逻辑思维,而我在此刻害怕的情感状态近似拙朴的早期宗教对于自然的膜拜了。

史蒂文斯在《在昔日费城拱廊》中含蓄地写道:*昔日阿潘尼恩斯园中的草莓……/现在看来有点像画上去的。/山峰剥落残旧,显然是赝品。*而狄兰·托麦斯则赤裸裸地表达了:天空不过是一块尸布,地球不过是柴炭和灰烬的混合物,风景用自己的线条表明它只是一具巨大的尸体。在这两者之中,我显然更愿意接近史蒂文斯(我同样看到过一艘像画上去的轮船停泊在海中央),但我也不会决然拒绝狄兰·托麦斯,因为在对一种空间的巨大性的感受上,我更接近狄兰·托麦斯,而不是史蒂文斯。我与狄兰·托麦斯的差异在于:我把一种巨大的空间及它的运动看做了一种生的形式,而狄兰·托麦斯看到的却是死。

我丈夫总是能轻易地理解季节的更替变化给我带来的惊恐不安。他同样知道史蒂文斯,知道狄兰·托麦斯。他还知道酮替芬或是息斯敏。在一个季节更替时,他会敏锐地发觉在我的床头、案头会多出一些白色的药丸。那些药丸是针对季节的过敏者们的。

在这样的日子里,我的手无法把握自己,就像我无法把握一个季节的消失和另一个季节的到来一样。我们家的花瓶、碗、茶杯、汤匙和我一样得小心翼翼地挨过这一段时光。我总是能听到丈夫喜气洋洋近乎夸张地安慰我的声音：没关系没关系。碎碎（岁岁）平安、碎碎平安。

4

在晴朗的日子里，我依然盘桓在一个地方。它在城市之中，似乎又在城市之外。我像一只恋巢的鸟，敛翅在一株熟悉的树的枝梢之间。那些树梢对于城市而言是多余的荒草。我在荒草丛中辨识着旧时的路径，它们或是机耕道，或是田埂。它们即将在城市中彻底消失。有时我伫立不动。这时我可以听到咚咚的地声隐隐传来，它仿佛来自我的脚下，又仿佛来自远古。

握手

　　儿子一晃就成大人了。穿四十二码家里最大的鞋,脱在门垫上与我的鞋并放在一块,好像是大船拖着小船,刹那间让我好恍惚。一米七八的个子,仿佛就是前些日子我还能够到他的肩,替他整整衣领或者掸掸灰,后来我意识到我无意中开始踮脚尖了,便放弃了此种努力。我的老师带着一班人来我家做客时,他放下书包便与大家一一握手,那情景我更觉滑稽,心底里大概总觉得他还是个孩子。

　　晚上躺在床上时想:这孩子有多久没有拉着妈妈的手了?我记不清了。可解开蜡烛包第一次被他抓住我的手的情景,仿佛就在眼前。那是一双多小的手,突然之间抓住我的一根食指,那劲儿不能算大,可也一点不能算松劲的,那一刻我大呼小叫把隔壁邻居都招来了:看我儿子会握手了……邻居也凑趣,也上前来握了那只小手,又跟着打趣说:瞧你妈的手都抖了!我马上声明:我这是幸福呀!邻居说:那好啊,让你儿子一直握着你的手,别放,让你幸福死!

　　我想,这倒不错,临死能有儿子的手握着。

　　没过几个月,儿子的手却开始让我发愁了,他养成了一个习惯,每睡必得抓住我的手才能睡着。如若抓不着的话,先是小嘴里嘟嘟囔囔,然后撇嘴就哭。我自是苦不堪言,看着这小人儿眼里的泪光,只有任那只奶胖的小手紧抓不放。后来实在撑不过去了,便想出个替代的法子,用纱布团成一团,在他睡意曚眬时塞在他的小手里,几次以后,成了。一直到四五岁上,他睡觉必要握它,我用几块纱布交替换洗,一时不到,他一定会叫:我的"纱纱"呢?到上了幼儿园才总算戒了此物。阿姨们拿他开心:你妈妈的"手"不在,要不借阿姨的手用用?他扭头,生气。

可他如果醒着时,只要我在他身边,他的手一定会扯着我的手或者我的衣襟不放,不管我在干什么。我进卫生间,他不让关门,我偏要关,哭闹几次后他也只好妥协,在门外不停歇地拍门问讯:妈妈,你好了没有啊?我一开门,马上被逮个正着。类似的情景,我很多同事见过。我上课,他爸抱着他等候在门外的什么地方,有一回我捎带到办公室办点零碎事,他大概知道时间,到点便哭得气接不上来。他爸和路过的老师怎么也哄不住。有一个女教师说:要不是认识他爸,还以为这孩子是被拐了呐……一见我出现,他立时顿住哭声,只把一双手扎煞着扑了上来。那情景有人当时就形容:就像抓强盗,狠!我搂住那个小身子,替他擦泪,问他话时,他只抓住我不放。在我发脾气骂他时,他也还是不撒手。

及长,带他出门,他的手臂吊着我的,我走快些,他便有些脚不沾地。那也许不叫走,叫拖,他的腿弱,也许就因为手上用劲过大。再大一点,喜欢勾着手臂与我同步走,头刚好靠我的臂弯,他歪着脑袋的小样儿很是舒服,我不许,他却常常忘了我的呵斥,走着走着,头就靠上来了,我一路用手推,他扭住我的手,不依。

这样的日子过得快,大学毕业忽忽十年了。分散在天南地北的同学来了一次盛大的聚会。秋日夕阳,总是淡漠,我牵着他,两个一大一小的人影,走过校园里一条长路,有人却已经在遥远的一扇窗里尖叫起来。惊叫是因为他的出现,昔别吾未婚,忽然就有了他!他就被别人硬拖去做了一道"考题":是谁的?有一会儿了,他突突地跑回来找我,拉着我的手,意气扬扬地给人介绍:这是我的妈妈,我是她的儿子。

那天我对同学宣布我的庸俗理想,不想引起了大家的一阵哄笑。我只是说:当我成了个真正的老太太时,身旁能有个高大的儿子牵着我的手,就像今天这样……一个女同学像是问我,又像是自问地跟了一句:可能吗?我答:所以是理想!

上小学时他写过一篇作文,题目就叫:《妈妈的手》。忘了他是怎么写的,只记得他跑跳着过来给我看的模样,我蹲下看的。

他能搂着我的脖子的时候,一个老友,很感慨地对我说:这时候能看到他一天大似一天,但这便意味着我们自己也一天老似一天。我像她一样惆怅,但还是高兴。他仍然和我要好,虽然我老是说:儿子大了,最多只能做朋友,不像女儿。他身板一挺,说:你没有女儿。我只有叹气,假的。

有一天,他挽着我的手逛街,却突然撒开了。我正意外着呢,他悄声在我耳旁告诉:对面有他的一个同学。这才知道他长大了,为的是这样,所以我总在回想这一重要时刻。我从此不再把他当个小男孩摩挲了,他仿佛也不再好意思向别人介绍自己的母亲。高兴还是难过?我想到底还是高兴的。

一块去购物,他会抢着提重的东西,虽然他可能一路抱怨他有个购物狂的妈妈,可我若是提出换手,他还是很豪迈地拒绝。渐渐的,我相信,他离我的手掌渐行渐远了,就像小鸟终究要离开庇护它的羽翼一样……

可后来有一天,我们一起走过阳光下一块绿地。我见儿子的脚步忽然放缓(现在是我跟着他的步子走),就看见坐在那儿的一对母子,四五十岁胡子拉碴的中年汉子和一个银发稀落的七八十老妪在晒太阳,脸上全无表情。只是那儿子的骨节粗大的手,一下一下,在握着骨肉松弛的老母亲的手,那情景煞是感人。

　　我们悄悄地走开了,谁也没说话,为的是那两只母子相握的手。儿子又悄悄地握住了我的手,我也用力一握。我想我明白,儿子比先前更成熟一点了。

　　母子相握的手,大手与小手,坚定有力的手与苍老无力的手,两两相握,这也许就是人生原本的设计,是平凡生活的承重与支撑……

搬家故事

　　刚搬到闵行时，从老家到新家打的要六十元，所走的路都是不熟悉的。先生在搬家公司的大卡车上押车，押我们这辆出租车的三个人却都不认路(包括一个来帮忙的朋友)，只知道过了锦江乐园就不远了，又开了多久实在也不知道。这样的地方我们叫它"乡下"，如今也许有些委屈，但这里的阳光委实强烈了些，风也委实威猛了些。第二天早上醒来，看见一只杯子的影子在窗台上竟然伸展得那么长、那么远，竟有些感动，这个早晨好安静啊！

　　接下来的几个早晨，我都要静静地多躺一会儿，看杯子的影子，或者就是窗帘的影子，或者就是窗本身的影子，或者是窗外飞翔的麻雀的影子——当它们拐弯飞行的时候，我的眼睛才仿佛醒来，如果这时候，它们再欢欢地叫个一声两声，我才知道我的眼光碰墙了，没有目标了。也许这不能叫眼睛醒来了，而应该叫睡去……我仍是第一个起来，然后叫醒每一个人。太充足的阳光，太寂静的早晨，也不光是让我一个人发晕。在小房子里住久了，对阳光和寂静的饥渴太强烈了，睡得多一点，躺着久一点了，虽然我还是有些不好意思。

　　接下来的一周，先生带着儿子出远门旅行去了，这是早在计划之中的，而我因为工作被排除在计划外单列了。开门关门一个人，除了干活，就是看景，基本上也等于是一个人跑到了荒郊野外。

　　旧的一天告别的时候，新的一天来临的时候，如果屋子外的猫也不叫,狗也不叫,那只能由我来叫上一声了(当然是有控制的)！如果房子不会走路,那就让我来走吧:从一间到另一间,从南窗到东窗到北窗,大步或者小步,或者如舞步,或者跨越式的……这么奇怪地走来走去的一部分原因,是因为电视不好看,电话又没有,我坐不下来。

而让我寻寻觅觅、伤透脑筋的通讯录,也许在已经拆封的哪个口袋里,也许在还未拆封的哪只纸板箱内。但我总怀疑在潜意识中自己存着一份故意:我想失踪,我想暂时不告诉别人我在哪,我想一个人虚虚地、也是满满地面对这个地方——这是我自己心绪宁静时下的结论,但下一个五分钟里也许就会彻底推翻。因为这样的宁静太过于古典,而我其实还是个现代人。

星星,够了;蛙鸣,够了;杯子的影子,也够了;还有一个人的独处,也大概够了。

开门关门的时候,偶尔碰到邻居家的女主人,她也在关门或者开门。我们是友好邻居,在两家的门口,脸上都带着笑,说上几分钟话,然后走路或者关门。这是现代好邻居的关门声,如果没有必要,就不会互相推门、互相打扰,这是礼貌。可是我们的女邻居,有一次非常动情地告诉我说,我家搬来了,她真高兴。她女儿在国外,而丈夫又时常出差,所以这个"一梯两户"的楼层里,有一段时间就是她一人……

于是我把我家的电话抄了给她,我说如果有事可以给我们打电话。当然也没事,也就没有电话来。其实我倒想给她打电话的,可我也没事。正当寂静被我酝酿到十分,酝酿得胡天野地时,有一个客人的来访,真是让我又惊又喜。可它既没有预约,也没有按门铃,竟是从窗子外一步跨进来的,说它"不速"应该是确实的。

那时我下班刚回到家,刚把窗子打开,它就来了。我没看到它飞,我刚把北窗的右边的小窗开了一条缝,它就进屋了,高举着两扇翅膀，却"啪"的一下摔到窗台前的地板上，我靠近它，它却立马就跑了。我肯定它是"跑"，而不是飞。那一路小跑，在地板上留下了一道清晰的灰痕，在这间房的门口它稍作了停留，像是在思考接下来的路程，也像在观察我的动静。

我当然不会拿起什么拍子或棍子去跟踪它、打击它，可是一只鸟跑到了不该来的地方，总是不应该的。我想它总应该有一个特别的理由，比如说拜访我。也许它想：反正你也没什么要紧的事要做，比如打电话的工作；反正你在屋子里再走几个来回，也碰不到一个人，碰到一只鸟也好啊⋯⋯

可是鸟的路和人的路，毕竟不一样。我刚走了几步，它就不见了。每个房间我都进去看过了，包括厨房，也包括卫生间。我想是我走错了地方，还是它呢？我把所有的窗门都开得大大的，希望它能看见，也能知道，回家的路想回就有，不用找。

而它仿佛并不急，快一小时了，我还以为它早已离去。

可是就在我咳嗽一声的时候，它跑了出来，在一块窗纱上，倒挂着自己，挺悠然的样子。我走近它，用灯光告诉它：该走了，时间不早了。可这个莫名其妙的家伙就是不理我，无奈之下，我只好扬着手下驱逐令了。可当手扬到一定程度，突然就停在那里发愣了。因为我清楚地看到它根本不是什么小鸟，而是一只翅翼长长的蝙蝠。它从哪里来，要到哪里去？在这个城市我可从没见过它，我其实不认识它。而它认识我吗？它想认识我吗？我呢？我不知道。

蝙蝠，在一本辞海里，我打听着它的消息。它这一类，有的吃虫子，有的吃果子，还有可怕的竟要吸血。那么这一只是哪一种呢？窗外的麻雀时刻飞来飞去，可是那里没有它。那只蝙蝠再也没有飞回来过。可记忆里有一个夜晚，它曾在我的眼前转了几圈，我还为它擦过"脚印"，关于它的其他"人气动作"，我却什么也没发现。

　　也许倒过来,理解就容易多了,我的世界一览无余。是不是,我家的第一个客人,蝙蝠? 也许谁也没法让你回答问题,这不像查资料。而你的来访也是可望不可即,可遇不可求,可一不可再的——那么我的提问就此打住。

清茶一盏泡心情

在英文里,中国这个词的意思是瓷器;而在俄文中,中国的意思,却有人认为是茶叶。窃以为,其实并不矛盾。茶与瓷的关系,在中国,应不是竞争,而是竞合关系。纵然有万水千山之遥,却合二为一,成了尽收眼底的一盏茶。

古人说:"开门七件事,柴米油盐酱醋茶";又说:"文人七件宝,琴棋书画诗曲茶",把茶置之度内,或盛于唐,或更早……那么早,以茶为媒,国人的艺术与生活,即化合无痕,浑然一体了。

嗜茶者如苏轼,诗词中尽有:"酒困路长惟欲睡,日高人渴漫思茶,敲门试问野人家。"(《浣溪沙》)眼前景象是他走在长路上,讨茶解渴。"野人家"里竟也有,使诗人随处挥洒的茶思,不致落空。

他熬夜办事,自是必须喝茶:"簿书鞭扑昼填委,煮茗烧栗宜宵征。"(《次韵僧潜见赠》)茶与点心俱全,和今天的广东早茶,堪与媲美。

是写诗要喝茶呢? 还是喝茶便要写诗呢? 或许根本就分不清了:"皓色生瓯面,堪称雪见羞;东坡调诗腹,今夜睡应休。"(《赠包静安先生茶二首》)

午睡起,要喝茶:"春浓睡足午窗明,想见新茶如泼乳。"(《越州张中舍寿乐堂》)晚睡前,却也要喝茶:"沐罢巾冠快晚凉,睡余齿颊带茶香。"(《留别金山宝觉圆通二长老》)

同是宋朝大诗人的陆游,竟也有睡前喝茶之癖,他一再在诗中说:"归来何事添幽致,小灶灯前自煮茶";"山童亦睡熟,汲水自煎茗"……此即当下爱茶者所不能及也。

东坡,放翁等名士的风神潇洒,成了一种远观。

但对茶的莫逆之情,可谓与生俱来。爹妈的爹妈,都已喝惯了。可能在遗传基因里,早已暗记了一笔。此话之要,在于心领神会,而不必过于落实。

这样的态度,正像我们现在的喝茶,随随便便。也许因为,那又不是贾宝玉喝西洋葡萄酒,只此一回了——当然,补也补不齐,喝也喝不完。

"随便"两字,依我看,那也是一种人生方式,甚或境界。这种境界,却不是与生俱来的,也不是上苍赐予,可能倒是喝茶喝出来的。有人称此为"养性",亦有人叫作"修为"。

粗茶细茶,春茶秋茶,绵绵入得口中,到得五脏庙里,又把本不相及的一切,拉扯在一起……那是你内向的"语言",它能使当下、现实,在消逝的过去里沉淀下来。所以清茶一杯在手,在口,在心……萧瑟一人,眼眉很沉含,微微只牵扯嘴角,气息洁净而凝聚。

喝茶,喝的当然是过程,空间之远,时间之长,本不出奇。偏有人,如斗士李敖,这样说:减到最小是春秋,淡漠千里见妖娆。是茶的独标风韵,才让饮者说出了此等话吧——不是嬉笑怒骂,耍刀弄棍;而是温柔敦厚,含蓄不露。是通达之语,可谓茶语,可它却总是意在别处。

而知味与不知味,知意或不知意,本就没个定数,何况于此等清雅事:茶。

我们的东邻日本,茶道之繁琐,有目共睹。我以为,其中,礼仪的成分可能更大。据此来训练个把礼仪小姐,旅游形象大使什么的,不成问题。电视里看到过一回，可说郑重其事到了极致，似幻似真，如歌亦如颂……茶道大师沉默的五官道出，诗云子曰式，甚或宗教式的肃穆仿佛。据说，他们也像禅师一样，不涉俗务，从不轻易见人。

眼睛看着，竟也很累。

从前，我们的神农氏，尝百草后而以茶解毒。那好像不算是神话，只是具有神话色彩的传说而已。当然，在远古制造奇迹的人，也可称之为神的。但在那个故事里，疑似"神迹"，带来勃勃生机的，仅是一片茶叶！后世再有传奇，也不足惊怪了。

我平常喝茶，一壶一杯或一盏，足够了。虽然照本宣科，置办了全套的家当。闻香杯，茶海、茶托等等。也曾在苏州文物商店，一气就买了七把壶。摆起来，煞是可爱。但一年也难摆弄几回。说到底，那是看的，看风景如旧，拢一点散佚的意绪，殊属无奈。

未免叫现代人叹气的是：生活已经大变样了，一年一月一天一个样了，甚而一瞬一个样——可想而知的浮躁，如影随形的是安全感的缺失。而我等阿拉上海人，似更可叹的是水质，水龙头里流出来的，无毒无锈，也就罢了。至于桶装水，自有桶装水的可疑虑之处。

浊浊人世，一概融通。诸如此类，意犹不足，能如何呢？此调一出，得道不敢说，但以为已触茶之正等正觉之机：安稳退让为上。

一把小小的电热水壶，却带来了现代的便利。小而清洁、安全，无炭气。温度可控，无烧干壶底之虞。水烧滚之后，稍待，85度，上投法，烹绿茶，刚刚好，看起舞弄清影了；95度，18秒，泡红茶，出朝颜而芬芳，而香艳逼人，如贵妃出浴。

这样一把壶，格调自是看不到了，但轻灵方便，也不至于让人反感吧。360度旋的"凤凰三点头"，竟让我旋出了奥运体操之风采——只是一点点哦。现代，其实也并不是一概只有坏处。

"我就是那棵树"

喜欢收藏照片。我的照相册里至今收藏着一张穿绿毛衣的少女的照片。照片摄于20世纪70年代末，那时候的彩照还很稀罕。

照片上的女孩，站在一个呈不规则菱形的小花坛旁，从高处看去，卵石和水泥浇筑而成的不规则菱形，颇像一架鬼怪式飞机的机身，线条硬硬的、冷冷的。但小花坛里还长着一棵树，一棵很小很小的桃树。

正是3月，小小的桃树正绽出小小的叶子，盈盈的，冉冉的，绿绿的，也淡淡的；照片上的女孩穿着一件粉绿的毛衣，同样绿绿、淡淡，盈盈也冉冉。

那绿很难让人分出层次，似乎小树穿上了女孩的毛衣，而女孩则染尽了小树所吸附的天地之间的灵秀——女孩也变成了一棵树。

照片上的女孩叫燕子，我中学时代的同桌，上学和放学，她的手常放在我的左肩上，而我的手，亦常放在她的右肩上。后来她去了美国，鬼怪式飞机的故乡。我的照相册里有了她的另一张照片：在无数电脑组成的方阵中，她拿着一支笔，也像古代武士拿着的戟。这张照片我翻来覆去没看明白。电脑和笔是一对矛盾物，她为何以电脑为背景，却拿着一支巨大的笔呢？

那时，我会经过那个呈不规则菱形的小花坛，它还在，只是边沿出现了破损之后的锯齿形，卵石剥落了不少。桃树倒是长高了，也长大了,只是我没见过它结出过桃子。或许是孩子们在它刚刚结果的时候,就把它摘完了;或许它根本就不适合于城市……

我把这些发信报告了燕子。燕子说:"我就是那棵树,仍在顽强地生长着……"如此好句,让我感慨良久。

一晃多少年过去了,同学间音讯渐稀。雕栏玉砌应犹在,只是朱颜改了吧?忽然接到同学钱海毅的电话,说母校控江中学文科班董世菊同学邀集大家一聚,以话沧海桑田及抒发别后情怀。当然想欣然、雀跃而从命,可我此时正要出差北方,那里的日子仿佛冰封了凝结了——因身在北方的我,正一刻不停地思念着那个遥远的春天,有桃树和燕子的南方的春天。

心情实在苍茫,便给同学发短信打电话。知道丁乙因为有课,也没去成,我的愧疚稍减。而燕子呢,根本就杳无消息,无法联系上。唉,我对着话筒说:但我们都是那棵树,仍在顽强坚定地生长着吧?

日出日落,日长日短,专此拜托大家,并敬祝平安!

"创造你自己"

20世纪80年代的大学校园里,女学生人手一册《第二性》,我也没有例外。

西蒙·德波娃指出:"人类被说成是男性的;人和男人,并不是根据女人自身,而是根据相对于他的关系来界定女人的。女人并不被当作是一个自律的生命生存物。""女人,除了男人决定她以外,什么也不是。"

"男人在做男人时是正当的,而女人在做女人时却是不正当的;就是说……现在男性就是人类的绝对标准。"正因为这样,西蒙·德波娃说:"女人并非天生的,而是被变造出来的";女人不单是"女性",更确切地说,她是"第二性"。

在来自那个法兰西女人激烈的语言轰炸中,我刚刚产生出来的一点"幸福感"立马消失殆尽,甚至还可能成为要批判和清算的对象。比如说,我曾和室友说过这样的话:"要感谢时代,感谢什么什么,我们这样的女人才能上大学,早生多少年,我们只能是围着锅台转的大字不识的孩子妈……"

而我们所谓觉悟的表现,就是理直气壮地懒于梳妆,而且使得寝室的脏乱差程度,超过了许多男生寝室——这也竟被认为是女性意识觉醒的一种表率?

那时被我反复阅读的,有一本美国当代女诗人普拉斯的诗集。

吸引我的可能是,普拉斯在诗歌里的"自白"。痛苦和矛盾贯穿了普拉斯的一生:作为女儿,她竭力迎合母亲的心愿:在少女时期,50年代传统的女性角色和她从事写作的理想之间产生了激烈冲突,这个冲突一直延续了她的一生;作为妻子和母亲,她又经受着生活的种种考验。她多次企图自杀,这也是她内心痛苦的明证。而我身边的很多女性,此后成长的历程与此相似。否定了祖母外婆和母亲们"附属地位"的生活,又找不到真正的理想生活,即做所谓真正的女人。虽不至于自杀,但矛盾是显而易见的。

　　势成于因循。所以当下新女性主义的领跑者,美丽的克里斯蒂娃教授提出的"过程中的主体"的说法,我似更能欣然接受。她告诫全世界女性:"你们可要牢记必须一再地使自己不再成为过去的自己,你们必须以自己的奇特性创造你自己……"据说,这话在现代女性中广受欢迎。

低姿态飞翔

——诗歌创作谈片

一

迄今为止,我写诗已近三十年。如果把儿童期的游戏之作也算上,统计就肯定有了问题。问题的问题是:我已分不清生活和我的诗的关系,也就是说,我已分不清我和诗的关系。那或是一种神秘的同存同在的关系,是内心的自言自语,也是一种生长和成长的概念。它们就像春天的韭菜,割了一茬,可又接着长出了一茬。

除了诗歌,我还写别的。在大学教写作课期间,为了教授各种文本的写作,在上课之前,每一样,自己都先期实践了,以获得成功或失败的经验。散文,随笔,中篇、短篇、微型小说,杂文,评论。包括各种应用文体:什么求职信、悼词、情书,都一一尝试个遍。其中还有篇情书,收进了当时很热销的"情书大全"里,那是我以一个男孩子的名义,写给一个姑娘的,刊登在《青年社交》上。据说有人暗暗"抄袭",却只对自己的心上人"发表",这曾让我很得意。但那种心灵的怵动,只是我想象和揣摩来的,我应该能够分得很清楚。只要有个特别的角度和观察对象,我或许就能去推开别人的窗子,看到不一样的风景——它可以设计,可以选择,当然也可以不选择。

　　至于我写诗的情景,却实在也很难说清楚了。可能就因为写得太久太久了,沉溺得也太深太深了,直到把自己"赔"进去,似乎再不存在一个思维转换,如何"调频道"的问题了。哪里都能写,在摇晃的车厢里,自己的膝盖上;在卧室低矮的床头柜上,在饭桌上,在手机里——至今为止,我还没有一张像样的写字台。家里虽有两张,但都不是我的。可没有条件,创造条件我也想要写。

　　这就像我是个天生的左撇子,无论是小学老师出于善意的"高压政策":不用右手写字,就不让戴红领巾;或者是父母在饭桌上的一次次打骂——拿筷子和勺子,如用左手的话……却仍无法改变。现在(除了这两项)我依然不假思索地使用左手。用刀,用剪子,用拖把皆如此。写诗,仿佛也是这样一种"不假思索",它与生命本身有关,不是虚拟,可也不是写真、不是记录……我以为倒可能是一种心灵"供述",逃无可逃,赖无可赖。写的不尽是我的生活,也不是直接的呈现,写得好不好也是另外一回事。但那种感悟却真实地属于我了,那就像诗歌给我的归宿感一样。

　　而如此率真如此直接的回答,或者就来自我在日常生活中的犹豫和彷徨。而诗中某些被称为"敏悟"、"锐利"的感受,其实也来自我日常生活中的麻木和迟钝;也许压力可以变成歌唱,而伤口上的歌吟,可能也是我擅长的,习惯的,留恋的。但不知道是我遮蔽了真实的生活,还是真实的生活(不仅仅是眼睛所见的),早已收纳、整饰了我的诗。像微动力下的微动作用,不知不觉,可并不等于没有知觉。也好像是生命本身的律动,我并不能肯定,它是自觉还是不自觉的。

二

　　在诗作里,我可能有些"敏悟",但也可能就因为这种"敏悟",诗之外的我,就常常发呆,或因不觉悟而迷茫,或因纠结而惆怅;而自伤自残,而自怜自爱。而诗歌语言中断裂的痕迹(有时是有意为之),也如哥窑瓷器的裂纹一样清晰可见,情绪中经不起推敲的东西也比比皆是。一切因素都可能使诗歌的写作中断或扭曲。

我在和网络诗友的交流中,曾说过:诗不是写出来的,而是用剪刀,一剪子一剪子地剪出来的。每一个段落,每一句都如此,要反复推敲,又要反复剪裁。意蕴,可能就留在剪出来的空白里。而有的时候,我对剪刀之痛,却感同身受。自己都不由自主地猜测:诗,可能也是我对自己和自己的生活不确定的表现。

最尖锐、最深刻的矛盾,都可能集于一个写诗的人的脆弱而敏感的身心。我当然无可奈何地被裹挟,被撕碎,却又时时被要求着完整和平衡,这对我,或对别人也都很难做到。需要和外界的种种事物,相对应,相对立,也互相依靠,是一种错综复杂的支撑。

而工作、学习、生活的巨大压力本身,恰恰造就了一种不被遮蔽和突围的要求。生活是现实的,城市是坚硬的。而诗歌却是抒情的,也是梦幻的。越是高科技的时代,我们在高速和高压下的现实生活里,心灵需求或更强烈,或者说可能更敏感、更柔软、更细腻,也就更需要用想象力制作出美丽而灿烂的诗歌之花。它们也像叶芽里的针尖,也像星星在泥垢里的歌唱,凡此种种。

即使在坚硬的生活里也无法直面的死亡与痛苦,如果有意无意地关闭在了我的诗歌里,请原谅!那可能是我的痛惜和怜悯的心在默祷,融合了现实与梦幻。而当谁都无法逃避时(包括我自己),我仍希望诗歌可以飞翔和盘旋。一个声称自己读诗很少的大学教授,说过一句让我吃惊却也被我视作为"更高目标"的话:"你就是低姿态飞翔,高了不行,飘走了,看不见了;可不飞也不行,那就会趴在地上,爬行了!"

三

多少年来,写诗其实早就不是一件可以宣扬,甚至可以上光荣榜,改变人生、改变命运的事。诗人拿写诗的身份,去和菜市场的小贩还价,还下的只能是诗人自己的价,或者就是诗歌的价:掉价。可我也见到过另一种情景,也极其富有刺激性:有些诗人在公开场合,甚至羞于承认自己写诗。我以为,那或许也会不可避免地对现有的文学格局、诗歌创作,乃至于诗歌的何去何从,将产生关乎现在和将来的深远影响。

溜着墙角走的诗人,就成了"主流"。而"非主流的",为了突围,可能倒奇招迭出:"身体写作"之后,又来了个"下半身写作";裸跑,脱裤子和所谓的行为艺术……这种种"火爆"的诗歌新闻,真正映现出的是,相当于股市跌到九九八点时的惨烈,如何收拾,也都是"尸横遍野",倒下的已不计其数。也许我可用一句股市术语来激励所有尚未扔下诗笔的诗人,以及和我一样的对诗歌矢志不二的爱好者:最令人恐惧的"大底",便意味着生机,意味着新一轮的抬升在向你招手。就目前的诗歌写作和诗歌出版的惨淡经营之现状而言,这话无疑还是激励,仅仅如此。

曾听人说起,上海的一个小餐馆,在送盒饭的同时,还附上一首诗。春天时就写春天,下雨时就写下雨的诗,花开的时候写花开的诗……据说很受白领顾客的欢迎,哪怕是为此多付三五毛或三五块,也觉得值。这是一个增加了文化附加值之后,产生了新的经济增长点的事例。那么,诗歌是不是需要找到自己新的位置、新的挑战和机遇,从而产生新的增长点呢?

面对城市化进程中的诗人,又该如何让诗歌得到当下的皈依呢?"凑近太阳抽袋烟"或者像"抽袋烟的功夫"这样的表述,可能是我们以前理解中的诗歌的构成,而城市的经验,新生活的经验,乃至于对高科技的体验,又要如何提炼,如何表现在诗歌的审美再造中……那无疑是值得我们每一个写作者深思的。

油条的故事

　　这是一个关于婆媳关系的故事。和一般的这一类故事一样，它只是小事，对不对，又往往很难确定。对于外人，就姑妄听之吧。

　　有一家子，父母高堂、哥哥妹妹吧，我只是听着，没细问。其中的哥哥响应"上山下乡"号召，其实是按照政策去了很远很远的地方，到广阔的天地里，去经风雨，见世面，接受贫下中农的再教育去了。十多年以后，他又按照政策返城了，又按照政策把户口落到了父母的家中。这时，父母老了，妹妹大了，而他也不是当初出门时的那个初中毕业生了——他已经娶妻生子，而且把妻儿像两件大行李一样携带回来了，却没有房子，也没有工作，几乎没有一切。

　　同住一片屋檐下，婆婆像此地大多数的家庭主妇一样，是持家的人，也是家中最勤劳、勤俭的人。天蒙蒙亮的时候，她就端着个钢精锅，出门买早点去了。买回来的油条，搁在饭桌上，七七八八热腾腾又香喷喷的。大家伸手，北地来的儿媳也一块儿伸手，却猛然撞见了婆婆死盯着自个儿的眼神，她还算明白，伸出去的手又缩了回来，虽然这话婆婆全无交代，但油条少一根，又只少一根，可不就是交代？

　　儿媳应该算是个识大体、肯担当的人，她和婆婆一样，也是一个勤俭持家的人。慢慢地，有些原先是婆婆的活儿，就让媳妇接去干了，比如说每天早上为全家买油条。开始时婆婆从钱袋里拿出钱时，总是要凑到一分不多、一分不少的时候才罢手。这两个人交接的过程,对儿媳是怎样的煎熬,婆婆也许不清楚。婆婆没有顾虑这个,她顾虑的不是这个。渐渐地,婆婆终于放心了,就是偶尔给了大钱,媳妇也会如数找回来的。油条的总数也不会擅自多了出来,和第一次一样,总是少一根。这少掉的一根油条,她俩谁也没提起,但总是有神色传递在她们的脸上,旁人不知,可她们自己是很默契,了然于心而不点自通的。

这样的日子过了没多久,小夫妻俩都找到了工作,孩子上了学,他们在外面租了房。条件好了以后,又买了房,很大,非当初一大家子挤在一起的亭子间能比的。媳妇亲亲热热地对待二老:住下吧、住下吧,也好让我们孝敬你们啊!——这倒不是虚话,这几年,儿媳其实比女儿还懂孝顺,女儿太小气。

后面的故事我不说大概也有人猜到了:那天早上,公婆还在好睡中,媳妇起了个大早,跑了很远的路,去买油条——现在它仍能买到,但摊点少多了。媳妇买回来整整二十根油条,堆垒在铺着漂亮桌布的西式餐桌上,就像一座金黄的小山,很抢眼。她热情地招呼婆婆:吃啊吃啊,多着哪……管够!婆婆勉强应之,尴尬之极。

如果没有婆婆当年的"减法",也许就没有媳妇今天的"加法";没有过去"一根"之严谨计算,就没有现在的"二十根"之夸张之强调——婆婆与媳妇其实都不是坏人,可又都是平常的人,所以我也无意去做任何评判。但我想,这些油条,就像月亮的圆缺一样,完成了一次循环,完成了一次人间的小沧桑,让人感喟。所以写出来给读者,是想或许有人因此能想、能懂,或许它就是有意义的。

与其……不如……

  甲神神秘秘地对好朋友乙说:"有一件事我只对你一个人说,你可千万不要说出去啊?!"乙赌咒发誓说自己嘴上有把门的,一定一定会让它烂在肚子里,就是用铁棒撬,也绝不会透一丝风,放心放心千万放心,要不然我也对不住你的信任啊?

  于是,两人一番交头接耳。

  没过多久,乙神神鬼鬼找到了丙,到了一个隐蔽的角落,只有他们俩的时候,他迟疑再三,说:我本来是不该告诉你这件事的,但是,但是,我们不是最好的朋友吗?我只告诉你,你可不要和别人说去……

  丙也是个君子,听了乙的话,非常感慨。后来几天他老想着:人生在世,有乙这样的不搬弄是非,又诚心待友的知己,只一二名足矣。他想到了丁,那个老实人,是不是该让他知道呢?如果让他知道就对不起乙的重重嘱托,如果不让他知道……他心即我心,是不是自己也会背负辜负朋友的骂名呢?这样的反反复复的顾虑,真是太煎熬人了。

  丙终于决定了,告诉丁,以求解脱。告诉丁的时候,他把"你不要说出去啊!"这话说了多遍,丁便红着脸,也把"我什么也不会说"的保证,重复了同样的次数。

  丙终于放心了,多日的难题一朝获解,他觉得从来没有过的轻松,就像放下了沉甸甸的大包袱,原来他欢喜着从乙那里接受的东西,竟然这么重。他知道这也不是乙告诉他的初衷,但"施之者比受之者有福",这是他隐隐约约想起来的一句话。

……

这话后来又回到了甲的耳朵里,虽然比起"原版",有几处走样,或添了枝蔓,甲听了一愣,傻了一会儿,继之以大笑。他并没有对"够朋友"的传达者,说破自己就是始作俑者。

他想:也许并不是朋友不够朋友,而是作为你称之为唯一的朋友,形势太严重,压力太巨大的缘故。既这样,就不应该对人说什么"你不要说出去"之类的话,与其让别人负担,不如自己闭嘴。而正是因为自己要找人承担,才有了这句话的秘密旅行。

该打嘴的是自己。

"85后"的"酷"

　　他走在一条花园里的小径上,每走几步,便踢起一块砖石或纸片,低着的大脑袋猛然扬起,鬓边的头发丝丝缕缕,穿过阳光,像早晨打开的窗帘,那样凌乱地飘扬(因他总是拖延着不去理发,故此)。他正在走来,或者走去,那蓬黑发像一朵被阳光推挡的黑云,一跳一跳地前进。

　　跌倒自有人扶。甚至跌倒也难得,椅子歪了,就有那么一个人会以迅雷不及掩耳之势,去飞快撑住;椅子和他,他和椅子,挣扎着、纠缠着,可又哪里倒得下来呢?"好了,起来吧!"他竟伸出手,把因扶椅子而跌倒的我挽住,不是很神勇吗?

　　他要表演跨越障碍给我看,而我则装着惊讶的样子,可能还轻轻笑着,看着他。没错,我让他不要害怕,其实害怕的应是我才对。

　　他把手臂伸直,连着手指,那小小的手臂不知从哪儿钻出来,不知他的革命乐观主义从哪儿来,竟要在众目睽睽下做一个伟大的实验:玩火。他以为火焰会在他的手指下偃旗息鼓,就像以为星星可以从天空摘下来,以为月亮可以当炮踩……

　　至于朗诵诗给水中的鱼儿听,唱歌给树上的鸟儿听——那是怎样的一种混乱景象啊,那鸡飞狗跳,四面出击,甚至竟连"狗也嫌"的日子。不说了,不说了,其实是说不得。

　　真是麻烦,即使就是,看着他站在那里东张西望。在他去学校,或回到家中的任何时刻，我都会觉得心神不宁，那样子弄不好，就像在找他的茬。比如，给他翻翻衣领，拽拽衣襟，从头到脚看他一遍，还是觉得哪里不妥帖，哪里不安分。不久，一切又得重新开始。交谈总是很难，我所说的，他似懂非懂；他所说的，我又莫名其妙。

直到有一天，他像大人一样，拍拍我的肩，让我一惊，仿佛也一喜。

好像并没有必要夸大这份惊喜，以前的问题一样都没有解决。他至今上课都不记笔记，在学业上永远是抱负大，眼高而手低。仿佛是吃角子机，"哗哗啦啦"吐出来的，是一大堆未完成的愿望。

我的认真读书的励志故事，竟让他笑掉了"大牙"……很伤了我的自尊心以后，他连连说：很有趣很可爱嘛！一股脑儿看穿似的，高兴得什么劲似的，实在气人。

有一次，说是无意间"偷看"（不需要偷看，却硬要说偷看）了他老爸以前的文章，发现什么了，跑来宣告：老爸玩过的勾当，他都没玩过。而且一撇嘴，说：肯定不好玩。而他玩的，啧啧……并且拿出自己的日记做旁证：学围棋那会儿，只用了三个月，从让三子到猜先，也能百分百打败了他"总也不进步"的爹。白纸黑字呵，后来的事实证明，他已然是世界上最让他爹讨厌的文字记录者。再不服气，他还可以拿出棋盘来，做出"请"与小心伺候状。

他同样也没有放过我。一脸严肃地要找我谈谈。一二三四，罗列了我的问题，比如闯红灯。他的依然大的脑袋，似乎很"严重"地转着，摇个不停。甚至还上升到代际文明的高度：我们"85后"，是绝不会这样滴！不由我脸上不发烧哇。以前不当回事，常犯的毛病，我想以后——再也不能犯了，真的难为情！

此次周末在家，他四仰八叉躺在床上，说是回忆童年了，而且结论竟是"痛苦的"。我没想到：是广义的？狭义的……我这亲娘啊，夸张地说——即使是后娘,这会儿也实在要因"冤枉"而哭叫"痛苦"了!

那一刻,我觉得他有些面熟,但一时又想不起来他是谁,到了今天,业已长大却仍像是个谜的……我的儿吗? 而他还"处变不惊",从容不迫地朝我笑了笑,补充说:我觉得,现在是幸、福、的——原来"痛苦"是用于对比的前置条件哦! 啊呀,大喘气,必杀技哟。

想起辛格

外语的重要性是毋庸置疑的了，说长远一点，从徐光启开始，中国人就有学外语的传统了；再说长远一点，从秦汉时期，匈奴、鲜卑强盛起来时，汉人们也有将子孙送去学匈奴、鲜卑语的，这匈奴、鲜卑语，在当时也可算得上"外语"的。这样看来，这一传统就更"源远"了。而这一传统的"流长"之时，无疑是在 20 世纪（在这之前的历朝历代，恐怕像沙漠中的季节河，流程是时断时续的），一部 20 世纪的中国史，与外语是无法脱离而述的。

据心理学家说，一个人学语言的最佳年龄是在十一岁左右，过了这个年龄段，要学好语言（包括外国语言）是较为困难的。我在心理学家所说的这个年龄段，恰好是中国不怎么需要外语的时候，所学的外语印象最深的是两句俄语，意思是"缴枪不杀"和"打倒新沙皇"，终于就没有学好外语。

因为外语不好，现在就活得很累。某些专讲外语的场合，比如"奥菲斯"或"康白度"很集中的地方，那是断然不敢去的。尽管他们的肤色、发色、眼色和你一样，但他们操的语言和你不一样。当然，这样的地方不去自然是不要紧的，但这样的地方（借用哲学术语对"地方"作一注解的话，"地方"可视作为一种时空关系）却日益地多了起来。比如说，明明是汕头或福建某小渔镇生产的话梅、金橘之类的东西，它却在花花绿绿的包装外，印上一连串蝌蚪似的外语，不著一个方块字,直到你看见仅识的"MADE IN CHINA"才恍然大悟;再比如,有心想遵循古语"树挪死,人挪活"到一些新兴企业事业单位碰碰运气,但一看招聘启事,莫不拖上一句"会××语者优先"或是"不会××语者谢绝应聘",直让你觉得你已身处英伦三岛或是扶桑之国了。

好在我是依靠方块字谋生的。在累或是很累的时候我就想起辛格,想艾萨克·巴什维斯·辛格如何恪守于他的意第绪语,如何用意第绪语的作品去获得了诺贝尔文学奖。一生生活在美国的辛格一生都在拒绝用英语写作。而我,看来是得在中国的土地上终其一生了,终其一生用中国的语言在中国的土地上写作和生活,即使很累,也不至于像辛格那般需要坚韧和执着吧?

乌托邦画家

——写丁乙

油画界有一句话,叫"北京写实";与之相对应的还有一句:"上海现代"。说的是流派,概括性的,当然也是代表性的。想想,如没有这样的旗号,连《西游记》里脚踩风火轮的小哪吒也是御不得风、踩不出火、踏不得轮的——师出无名嘛。两个城头各自插上了大王旗,品鉴比拟,却也热闹。子曰:视其所以,观其所由,察其所安,人焉廋(隐蔽)哉? 在我看来,"上海"与"现代"的组合,正是城市态度、价值以及立场的自然流露。未必是刻意,才更见出妩媚之真容颜。舞台与舞台上所展示的情景仿佛一拍即合,说不清什么在起作用,可以说是底蕴,也可以说是背景,文化历史地理即一方水土使然……现代就是来自传统的核变、质地之变,却也总是有理由的。

丁乙不会不知道这些,他曾谦称自己"不聪明"、"干的是笨人的活"云云。其实聪明不聪明,又何尝只是他的父母需要"负责"的事? 社会、时机种种,是不是也该携手负此大责重责呢?! 年纪越长,我是愈加不信这个"聪明"了,前人传下来的箴言警句里,有足够多的此类教训。不信的话,你"聪明"着试试,等着你的如只是"怀才不遇",也许就该烧高香了。此话按下不表。

丁乙是不肯被这种"聪明"所累的,或许他对此毫不知晓,能行不能行这样那样的分析考量,对他来说可能更不容易。他曲折学艺的过程,与如今时尚的所谓"人生规划"、"教育规划",一定乃至万分肯定地——搭不上调,并不了轨。就连那"＋"和"X",丁乙品牌符号的强势出击,似乎也得来于有意无意间。一切仿佛天意,而天意自古高难问。

去问丁乙吧,他说:我那时就考虑一个问题:艺术对我来说是什么。是什么? 是什么呢? 他没有明说,画家确实是不该多说的,答案自在他的画里。

之前,他曾经对物象产生过可以称之为"巨"的迷恋。就像作家对文字,音乐家对节奏那样的一种沉溺其中不能自拔的迷恋。他也认真地习过两年国画,一杆毛笔,到了他的手里,仿佛不由自主地沾上了油彩或水粉;他也仿佛是一个到远地出差的人,却总是怀着对家乡亲人的眷恋似的,走得越远,想念就也越深。他曾发愿要"学贯东西",你也可以认为这是他在时代的夹缝里求生存的一次宣言。

这样的状态,在斯时斯地的画坛,应该具有相当的普遍性,否则哪来的影响力、凝聚力? 旌旗招展中,丁乙当是其中掌大纛者。此话当是不虚,他参与了世界级的竞技,参加过 1993 年威尼斯双年展和 1998 年悉尼双年展。其画作远涉重洋,进入了欧洲、日韩美国等地区国家的著名画廊,他的画在抽象这一路中,在国内卖得最高价了。

这一切也总是有理由的。

前面我所描绘的场景,应是壮丽的、热烈的,甚至不怕夸张的话,就可说是雄伟的盛景;后面我要告诉你的,却是一个画家日复一日年复一年二十多年如一日的日常工作情景:他每天从早到晚,在一块布或其他材料上画十字,一个又一个,绵延不断,把时间空间都串连成了一个"十示"系列。哪里还有框,也许连布都不存在了。平静、孤寂、神经,令人测之无端,玩之又无尽——这样的画面,不理解的大有人在。与前之情景比较，这两种不同意境互相映衬，可谓对照鲜明。其中意思，读者可自己去体味、追索。

光阴荏苒，人事全非，唯有画册上丁乙莫名其妙的笔触每每令我感触。当年的丁乙叫丁荣，坐在我的高中课桌后排。拘于男女之别，对他的才能技巧却很缺乏了解。知道他和他的同桌顾昆准备考美院，也是因为曾勉为其难地被他俩拉到画室里，作为素描模特时听说的。那时我最不可听的就是《命运交响曲》，像只老鼠一样被惊着：因为病，缺了一年的课，谁知道能不能考上。在他们的画板前，想的是自己的心思，无可奈何状。

那张画现在应该已无可追寻，他们的画艺怎样，我当时也是难以确定的。但有一点却可以肯定：绝对写实。还有一点可以肯定：那时的丁乙是正经作画的。对他来说，什么都能画，画的都是眼前目睹的东西。所以他那时的眼睛总是睁得大大的，看人看物看风景……差点就成为风景画家——他曾全神贯注于日出、黄昏的光线等等，当然不仅仅研究色彩关系。

不知何时开始，缘何而起，他忽然对人、物、景，都熟视无睹了，或者说视而不见了。他的眼皮慢慢耷拉下来，是因为愉快，还是因为忧郁？是因为回忆太多，还是激情太少？可画的物象太多，还是正好相反？谁知道呢?！

至于丁乙，他永远是活在物我融为一体的状态里。对他来说，一个人物，画了他就等于失去了他。一片远去的风景，其实也是"无迹可求"的——很多的东西其实极难"写实"。这话似乎玄而又玄，但联系丁乙的能画与不能画的问题，便觉精辟。

抽象油画源于西方，这不假。而中国画历来在内在定性上就是抽象的，从时间的线性轴上去追溯，"先手"怎么也属于我们中国——

所谓"善道景者,绝去形容,略加点缀","善言情者,吞吐深浅,欲露还藏"……依我看,丁乙是得了大便宜:"明渡陈仓,暗修栈道";"沛公舞剑,意在项庄"。从精神上说,他不是绝对中国的吗?

严羽有一段论诗名言,它作为中国诗家座右铭的地位毋庸置疑,发而为画似乎也无不可:"盛唐诗人惟在兴趣,羚羊挂角,无迹可求。故其妙处透彻玲珑,不可凑泊,如空中之音,相中之色,水中之月,镜中之像,言有尽而意无穷。"(《沧浪诗话》)

从这个意义上说,屈原的"袅袅兮秋风"、"目眇眇兮愁予",济慈的"夜莺"、"红得烫人的橙子"、"桃金娘的沉静"……既是不可画的,也是能画的——可以在情绪上传达,此乃纯乎画也!所以丁乙闭着眼睛,就把自己给绕进去了,这一绕,也就一发不可收拾了。

我们这个时代,"抽象"作为方法,也许是个必然。

而对于 19 世纪,一个画家的眼睛的重要性不需要我在此赘言,那时对于一个作家而言,眼睛也应该是忙碌着的。作为大师的巴尔扎克,就用说话的方式来细致地描绘一个壁炉,壁炉上的摆设等等,使用冗长的文字,制造出一种照相的效果,非常难能可贵。这费劲拔力的功夫,为的就是让读者如临其境,有现场感——这是再现式,在图像传播资源和渠道不丰富的年代里,那可确实是一种难以抗拒的诱惑。

可在如今,一张照片就能达到语言与画笔都无法完成的精细入微——分辨率也可调节,镜头已超越了我们人类眼睛最大的可能性。

花朵、衣裙,这个人的五官特征,远处的一棵树……这些事物,场景的写真造像在今天已无难度,就是一只可以揣进口袋的数码相机,甚至手机都可以完成的任务。甚至操作者都不必离拍摄对象很近,可以遥控。

目迷五色的今天,图像会自动拥挤到我们的眼前,那么杂乱,那么无法拒绝。可也许我们必须学会拒绝了,哪怕间或走一下神也好。准确地说,"神"才属于我们自己。

丁乙是否由此遁入"空门"? 他更上层楼的地方,有点浮沉感、飘摇感、空茫感,仿佛是宇宙之外的什么地方,时间空间都不具体……这样的"正果",有人说是参悟、禅觉,反正挺玄,完全是一种"奇异"呈现——关系着人与世界的现实与未来的关系,使纷繁的现象与情感在更高意义上得到归结与说明。也可以超越具体对象: 爱情、婚姻、事业……

化入虚无,然后与天地同在。对于大多数人来说,应该太难了。

可我们更需要的可能是"表现"。在艺术上,在我们越来越有限的描述中,我以为,可以作为的乃是突出主体的体验与人格意味。正如别林斯基所说的:"纯抒情的作品看来仿佛是一幅画,但主要之点不在画,而在于那幅画在我们心中所引起的情感。"

甚可把玩的是: 形象对于丁乙这样的画家,不过是个起点,而不是终点,或者说他们就是用抽象来终结形象者的。心灵中的一扇门被訇然推开,禁锢在心灵深处的形象被融解了,开始重新组合、运动。那或许是一个难以追摹的过程,它也许相当于文学作品,特别是诗歌作品中,喻体通过自身直接唤起而显示情感力量的过程。

我也许不能理解,丁乙为什么对那个"十字"符号如此着迷,而且还寻找适当的节奏、密度、大小、色彩、笔触……来配合它;但我知道,他就像作家寻找新词语来表达什么一样——画依然是画,虽然看起来与传统的油画作品大不一样。

这天地间一片安详,宁静,平和,似乎在述说着人世间的什么。似乎漫溢着一种人情却又似乎很不分明——这是我对他前期作品的一个读解。

于我而言,这当然是一种敞开。

是不是呢,我所得到只是一种印象,以唤起我自己的生命体验——那样的话,根本不必得到画家本人的同意吧?而对于画家丁乙,他的生活乃至生命,在那个阶段中的喜怒哀乐、酸甜苦辣,可能尽在其中了——它仍然不会直接说明,他也是。

也像画符号一样,他第一个在苏州河边上的棉纺仓库上画了一个标记,神秘莫测地编制了什么咒语……对我们这座超大型工业城市来说,他仅仅像闹着玩似的,轻叩了某些屋顶与门窗——突然就被推而广之了,一个个被艺术家以艺术的名义或者以创意的名义命名了的仓库群落,如雨后春笋般出现了,实在让人惊叹。他的不循常规,也由此可见一斑。

有人(一个业内人士)说看了丁乙的画,会猜想他下一步会怎么走,他说他每次感受的都是兴奋。我也这么想过,我却想不出来。就像生活本身一样,一桩事件却无法追寻结局,一个走过路过的人可能一晃即逝……既然生活不存在什么蓝图,我想我们也不必粘着于丁乙的既有的"表现","这一步"与"下一步",其实不必确凿去指认,这样才有联想与想象,这样才能"由这一事物到那一事物的飞翔"(艾青语),才好玩。

他每月在他的仓库里为画廊制造一幅早就被订的画,竟就如此规律。在规律中寻找不规律,在不规律中寻找规律——这就是规律?丁乙的?

"至于空间,我站在日夜交接的地方;至于时间,我就在与你独处的时候"——感叹着蔡琴的隽永的歌声,即景会心的却是丁乙的画。

有什么内在联系?也许你会感到那些画后面隐匿着什么,可是一旦认真搜索起来又没有结果。亦真亦幻的,让你摇头,或者三番五次之后你不得不疲倦地罢手,其实你已落入彀中,一切也尽在此中——嗨朋友,那不是侦探小说,永远没有真相大白这一天。

正如老子说的"无",并不能简单注解为"没有"。对于丁乙,画就是画,岂有他哉?

蔡琴的歌是唱给有心人的,那么丁乙的画呢? 我很恍惚。诗、乐,包括舞,在原始时代的结合似乎在我这里又恢复起来了。兴象之会,也许全在于无字之处——彼岂暇计?!

一年又一年

　　中国人的新年就是春节,我对春节最初的记忆,来自一幢三层楼高,苏联农庄样式的红砖房。不管天有多冷,那一天,家家户户却敞着门,不管男人女人,在走道上遇见,也一律热情招呼,声音很大,还满脸堆笑,仅此一点,就有不可或缺的意义或价值。

　　小伙伴在楼里,以及楼前楼后,放鞭炮,三五十个小鞭,可以放在口袋里玩一天,你扔一个,我扔一个,大大小小的孩子凑成几堆,哗啦一炸响时,便像烟花一样散开。跑得慢的小敏,火花飞溅时,新棉袄或棉裤上被烧了个洞,她咧一咧嘴,摆着手说:没事! 她知道她的钢厂女工的妈妈,虽然整天骂骂咧咧,但就在这一天,绝对地不会。

　　即使是那个几乎骂过楼里所有孩子的孤老头子,这一天却也会摸着小孩子的头顶,拧一拧他们洗净的脸蛋,在他们伸出的手心里,放上糖或饼干,或其他的吃食。他的本来空空的房间里,现在也有了瓜子、花生的炒香气,有茶的说不清道不明的味道,甚至还有麦乳精的奶香甜香弥漫着。我们从门帘子底下进了屋,他拉开凳子站起身,热情相迎:进来啊! 进来啊! 可当我们获得了让我们意外又在意内的"收获"之后,又哪里待得住,便一起脚底抹油,上海话叫"滑脚"了。老头侧着身拉着门帘,以四邻八舍都能听见的嗓门喊我们,再以同等的音量大肆咳嗽:"再来玩啊……咳咳!"对一群毛孩子,竟如对贵宾。

　　跟隔壁老太要了花样,红纸剪出的窗花,竟夹在一本小学旧课本里。我也是三十年后,才看清那是喜鹊登梅的图案——那时却只会依样画葫芦。而不知哪一年过年前写的革命春联(有联的内容为证),墨迹浓黑,仿佛我刚刚才写好、晾干。

我们真的有过一个这样的节日吗? 三十年后,小敏说,什么也不记得了。她现在是以出国旅游的方式来度过年假的。

可即使我把春节当成竹节,一节节数得很深,很高不可及了,却依旧印象阑珊。

那时我做什么事都是有始无终,漫羡而无所归心。一本书读了一点点,哪里打个岔,就丢在脑后了。恰巧春节就是一个开始的日子,一万个开始,加上"己欲立而立人,己欲达而达人"之类的美好初衷,所以结果并不需要一一检视。我相信的是:"好的开始,就是成功的一半"此类的警句。那是一种不心安理得,却希望能够心安理得的状态,我和好几个朋友都说过,他们都说自己也都是同样状态,不知是否算是对我的安慰? 说得冠冕些,我是常立志,才能常有志。

可此时不立志,又何时立志呢? 也因此对春节的所有记忆,可能都是我的构想。所以,才美好?

博尔赫斯说过"时间构成了过去,过去也构成了时间"。但当时间如手中的细沙慢慢流逝,我们回头看自己走过的路,思绪会忽然回归到曾经的某一刻。我虽然想不起隔壁老太太的完整样子,灰白的头发,肯定的;声音尖尖的,仿佛是? 擦我的脸的时候手很重,她让我们姐妹叫她奶奶,过年的压岁钱从没少给过。我们三姐妹都紧紧揣在口袋里,晚上睡觉时,再三再四地察看那张珍贵的纸币后,才恋恋不舍地睡去。但第二天早上,钱却一概失踪了,"没收"两字,母亲说得特别用力,伤了我们懵懂的心。

小妹每每这时会哭闹,我们两个只比她大一岁和三岁的姐姐,便会捂着她的嘴,说:"不可以,今天不可以。"

　　眼下这个春节,擅长烧菜的四川阿姨回了老家,而饭店的年夜饭又没有提早预订。我再也无法安坐饭厅,折入厨房,几番折腾后,竟让家人的筷子跟着盘子走。其实就是曾经的炒蟹黄,黄芽菜肉丝炒年糕,醉肉……家里的饭桌上,多少年都不见了它们的踪影,而它们也始终登不上饭店的"大雅之堂"。我那吃着肯德基、麦当劳长大的儿子,刚才不是都摇着手说不饿吗?可现在也暧昧地用鼻子去嗅,但他笑笑地说:香气不是他嗅到的,是自动涌上来的。

　　一年又一年,我们心里的图景,是一样的平常而美好,而小小的灯火里的温暖,也一样醉人。

小玉姐

我七八岁时,邻居家来了个乡下亲戚。大姑娘,十八九,喜气的圆脸,梳两根油光滑亮的麻花辫,辫梢儿上系朵跳跳的红绒花,我觉得她:嗯,好看。

所以在她走过路过我家门口时,我便常睁大眼儿瞧她,直到她脸儿红红的,伸手抓住我脑后的"两把小刷子",使劲地、慢慢地拽一下。

"大姐儿,哪有这么盯着人看的?"叫我"大姐儿",就因为我在家排行老大;她叫我妈大姨,叫我爸大姨夫,这排行却不知从哪儿论起的。

邻居那家大大小小五口人,一迭声却只叫她小玉,她每次都应得那个响亮,那个脆而甜,那个兴高采烈。"哎,来了,好的……"那带着乡音的普通话,在楼道走廊里回荡,像唱歌一样,真是好听。

邻居太太是个会过日子的人。孩子们吃饭前,她总陪某老师先扒拉几口,再去管孩子们的吃喝和洗涮。"某老师"是这家的男主人,老师是他的职业身份,女主人却常常在他刚拿起酒杯时,这样尖叫:"某老师,还喝还喝,明天我们家要喝西北风了!"我们隔几间房都能听见,可"某老师"却好像当耳旁风了。酒是他在炒菜前,跑步出门打来的。

"某老师"的话很少,更很少参与大厨房里家长里短的大讨论,偶尔的,别人问起酒事,他也总是尽义务似的笑笑,不辩解。那天他醉了,或许是借酒掩脸长叹息:"要是不喝一点,会病的……"

小玉姐的第一反应:"说得对!"之后的第二反应:"走着瞧。"

她奉老姑之命,跑我们家来搬救兵,叫我爸去劝阻老姑父。同时不知是赞是叹,见缝插针地说闲话:"乡下男人若不喝酒、不发脾气,就一定没结婚。"

有一次,四下无人,她悄悄跟我说:"岁数大了,不好。"那当口,便叫我翻了脸,因她完全不明白我盼长大的心,同时还打击了我的坚定信念。我正盼着自己的十八九,能长得像她那样的,如一只水蜜桃。

小玉姐到隔壁家才住了一个星期,就有居委会大妈,上门来看长短:"姑娘,来看亲戚吗?"那笑吟吟的意思,其实是:走亲戚的话,时间未免长了。那时的户口查得紧,但她早有准备,沏上香茶后,行李袋里拿出一份病历,又翻出若干土物,小心地递上,说:"上城里看病呢,亏得收留……"在大妈慢慢喝着茶,问东问西时,小玉姐却并不坐下,她侧着身子,微微弯腰,嗓子眼里不断发出讨好的"呵呵"的声音。

这"病",一看就是大半年。我好奇地问过,究竟"凤体"哪里不适?她支支吾吾的,嘴角下撇,可就是没个准话。再问,便涨红着脸,警告我:"我告诉你妈了,小孩子不该问的!"她吐果核一样吐出的"妇女病"三个字,直让我的脑袋嗡嗡响,至此,我隐约觉得这不是好事,怀着绝望的企羡,我想还是回头做本分的"小孩子"吧?

我为未来焦虑,添了咬手指的毛病。

她除了帮老姑家打理家务,还顺带帮了另一家,带个二三岁的婴孩。说是帮忙,可那是真忙,婴孩跟她吃,跟她睡,把她当妈了。小宝的亲妈是知青,不在上海。外婆家每月送几十块钱给小玉姐,说是给孩子的生活费,实际上是劳务费,当然大家都心知肚明——那孩子吃的用的,一概由外婆家按时按点送来。

但小玉姐对小宝真是没说的,掏心掏肺。小宝夜哭,她便整夜不睡,抱着哄。孩子发烧,她带去打针,那张脸竟忧郁得老了,像担心得就快晕过去似的。我妈曾劝,别再逢人就说孩子的病了,"知道吗?你快成祥林嫂了!"

只有在夜阑人静,我才时常看到小玉姐,守着安睡的宝儿在织袜子,用复色的棉线,如绿配白、黄配蓝……袜底用深色,袜筒浅粉,收边处各收出不同的凹凸花型。煞是别致。

那袜子显然不是织给哪个孩子穿的,肯定亦非男袜。她咬着唇,比着光溜溜的胖脚,小声说,给自己的呀。我妈被我狠命拉去,才勉强看一眼,只说:不结实。于是乎,她低头笑答:"不当它结实的用呗。"后来想起这话,觉得就是小女人的美好情状写照。

其实,我知道这傻大姐偏爱光脚。夏天午后,两三点钟时,常见她赤脚大仙似的,飞奔在一条煤渣路上。为老姑家到饭店打一暖瓶冰水,用来冰镇晚饭的菜肴,也做冰杨梅汤饮。

小宝被养得白白胖胖,她老姑也眼看着温柔许多,心情好时,常和老姑父对杯。小玉姐看着觉着有趣,洗碗时捂着嘴乐。而老姑的半大孩子们,也被管束得井井有条,头脸干净。老姑常夸:"样样好,就一样,女孩家胃口未免大了些。"楼里各家大聚餐那次,她突然上前,拿掉小玉姐的大碗换上小碗,并且莫名其妙冒出一句:"跟你们说吧,女孩还是瘦的好!"

楼里最大的女孩就是小玉姐了,往下滴滴啦啦算起来有十几个之多,可其余都是天不怕地不怕的"女将"。我问过大家,怕什么? 只她犹豫、羞涩地回答:怕结婚。什么? 什么呀? 一群疯丫头因此而笑倒了。

那次笑场后不久,小玉姐就被逼回了老家嫁人,所谓妇女病,有点。可也是出来打工的借口,她借此攒嫁妆。那个,据说是他们家乡女孩的传统老路,也并不算特别委屈她。但她真的不想这么早就结婚,可又不得不听从家里的安排。她说她姐出嫁的年龄,比她还早好些。

走之前,到我家来告别,哀哀的:"大姨啊,这些日子,是我做女孩儿过得最舒心、最自在的……"我妈含泪,硬塞给她两双尼龙袜子。她抚摸着:"不知道什么时候会穿呢,舍不得。"小玉姐走之后,我在枕头底下,找到了她趁我们不注意,悄悄留下的一双线袜。它们打扰了我整整半夜,或者更长、更长。

那是我人生中的第一次失眠,也是进入青春期前的唯一一次。

学啥？ 学"傻"！

　　说起拥有"围棋世界第一人"美名的李昌镐，几乎没有人不服帖的。马晓春曾感慨言之："李昌镐到底是李昌镐。"这个句子提炼了主、谓、宾后，其实就是："李昌镐是李昌镐。"如此而已，只多了一个"到底"。这"到底"啊，"底"掉了，"到（倒）"出个什么呢？实难描画，但说者有意，听者也明白——这就是李昌镐，让人相感于失语之中的李昌镐。

　　李昌镐的聪明，而且以"最聪明"来标榜，怕是不会引起各种各样否定的反应的：锣鼓家什大敲大打之后，抬出来的又不是隔壁的张木匠，端的怕甚。

　　在我之前极言他天才非凡的，又何止一两个"最"字可以说尽的，它完全成了一种公众态度，一种越来越发烧的媒体舆论，一种越来越广泛的大众传播。有国际意识的人称他为一个不是中国的人，也不是韩国的人，而是围棋国的人；而更有想象力的、有宇宙空间概念的人，却叫他"外星人"；后工业时代，有一颗"奔腾"的"芯"的人，则不称他为人而称他为"器"了——只唤作"记录制造器"——最新的、最高的，甚至是"从此而止"的"记录"，竟可以"制造"，而且"机器制造"，这不是神话又是什么呢？何况这神话也不是来自原始初民的民间传说，而是产生于网络天下的今天，而这就更让人由衷地赞叹了。论起来，那些佛啊圣啊的称号，倒是俗了，缺乏新意。

我们也不说境界，一个好词，如今却也说滥了。在经济时代，我们就说经济，有人说经济研究能够提高一个人在生活中的洞察力，确乎如此。仅列出李昌镐的两项经济数据，就充分说明他的智力水平是顶尖的：1991年，16岁的他刚刚崭露头角，年收入已经达到1亿3 000万韩币；今年，2001年，突破10亿的年收入已不是他的梦想，而这以前被认为是不可能的事——以当年来说，韩国排前十的棋手总收入不过14亿（韩币），而这正是高智力角逐的结果，其中李昌镐当然位居榜首。棋在江湖，知易行难，而历史新高，竟还要一味拔高，让我等芸芸众生干瞧着。还要举例吗，不必了吧？

一切人事如果换个角度来看，或将是别一样的世界，比如野蛮与勇敢、忍受写坚韧、顽固与不屈等，就以李昌镐这个人来说也是一样。他的面无表情，他的不擅言谈都是其次的，最不可思议的，是他对棋盘之外的目数一概算不清，平生就只知道下棋，其他全然懵懂，其痴呆之处，与《红楼梦》中为石扇而不要命的石呆子相仿，与那个因了"失玉"而傻的贾宝玉也不分轩轾高下。他每年要下200盘以上的大比赛，竟然会被一个陌不相识，棋力只有5级的中年人拉住手谈，也竟然没有高高在上、大模斯样地斩立决的痛快、速效，竟还要"长考"出自己的所有的精力以至汗水，真是匪夷所思。也许一个人一辈子做一件认真的傻事，也是在所难免，但难得的是，他竟一以贯之，即使本可以不费吹灰之力就能做到的，却偏费了杀牛般的力气——原是个图不得省力的傻哥儿，说不得也。或许如股神巴菲特说的那样：天才可能与智商无关，却与你对世界的态度大大有关。

我说什么呢？

不必也说不得之后，也该破题了——我儿子刚上学那阵，老师曾给他们出过一个类似于开玩笑的作文题，就叫做"最聪明的傻子和最傻的聪明人"，他挠着头皮，实在是想不出这其间的界限在哪儿。那就像最胖的瘦子和最瘦的胖子,最美的丑女和最丑的美女,最好的缺点与最坏的优点等等,是同样的难分难解,儿子只好问:一样的、相等的?!沉吟着,老师却对懵懂的孩子们说:其实我们大家都是一样的人,小孩子的智商在同年龄也都差不多,聪明差不多,傻得也差不多;在学聪明的同时,也必须学"傻",可别太聪明了!

此言极是,如醍醐灌顶。这么多年,我也不敢忘了这小辫子老师,教导小孩子的那般叮咛:学"傻"!

乱花渐欲迷人眼

年底，有几日休假。哪里也不去，谁也不见。不是不想，而是想去的地方太多，那般走马观花，匆匆忙忙完成一个旅人的路程，常常地，却只是走路而不走心。这些年层层叠叠走的路，就像疾驶的火车窗外的树木，还没来得及看清这一株和那一棵，刹那间就都从眼前"飞"走了。

而和朋友相聚，你在这里，我在这里，你和她和我，却是一样的长吁短叹。叙谈主题每每概括起来只一字：忙！有人早已总结说：忙即为心亡，但她却依然乱忙。也不知从什么时候开始，一桌子吃饭，就有人不停地接或打手机；也总有人茶酒未过三巡，未及暖席，便匆忙挥手作别。一晚上赶几个场子的说不能自已，可也真不算稀奇。吃饭，像极了一次次疯狂的奔跑，最后跌倒在酒不醉人人自醉的杯盏里……

与这个佯装激情的年代同在，休闲该是一件多不容易的事？

那一天起晚了，压麻的手从被窝里抽出时，连带抽出一股热气儿，暖暖的，有什么东西就在我的指尖上蠢蠢欲动。就像雨雪后转晴的天空，梳洗时我便就着水汽在面盆的镜子上描画一二，心像已应矣。而目光里莫名的清爽，就像一种曾经美好的感觉，才让我坚定了此念：做绣活。

找出了放在油纸里保存的绣花针，捋顺了根根丝线，再把它们劈成更细更绵的丝缕的过程中,我实在找不出一个字来表达那种内心的柔软。再找面料,却翻箱倒柜也找不到过去的花样子,扔了,丢了,都不奇怪。不得已,便自己画,画一朵石榴花,又画一朵栀子,到后来凤仙、牡丹、兰花、腊梅都集体上场了……可终归画什么,自己都摇头。

　　掷笔,直接拿针作笔。我想怎么走针就怎么走,浅尝而得趣,身心也似得了大自由。绣了第一层,而第二层的针脚,再插进第一层的针缝,颜色就可由淡至深,或由深至浅,直至归于无色。一路乱来,却又仿佛还是有进有退、有依有据的。自然而随意地想到了天空、春天、月亮之类,仿佛它们就是我针尖下的催生素。它们有的大而模糊,有的小而具体,但毫无例外,都是我呼吸中可感可触的事物——就着意念的裂变,慢慢捕捉着那些被生育出来的东西。这当儿,天地之间,可任我行走。

　　乱针,是我用的一种针法,不像平针,深浅之间,界限分明,一道是一道,一片就是一片。其实,一根掉地无声的绣花针,于我已是一个受孕的词,它将生下比它更小的词。捏着它,我也用很繁复的“语言”,比如线包线、锁扣等手法,在布面上找准一个点。踩稳此点,不断更新、否定、螺旋运行式上升,直至“一点”蜕壳于“一点”,可又高于了“一点”。

　　看着这种落定,再一天。小桌上的瓷盅里,晨起时才盛装满盈的清水,至晚都无影无踪了。而太阳也像我倦怠时的眼:阻隔的、沉重的,呈半封闭状。灯影稀落地罩住了一个竹撑,绣架里的天空却明亮得使我不敢相信:那是如此容易的一件事?生活回到了最初的样子。

　　在半寐半醒的状态下穿针引线,眼虽不能闭上,思想则处于迷糊与清晰之间。像雾里看花,花非花、雾非雾,但所见要比平素妖娆、美丽,这或许是因为模糊正好可以打破事物之严格边界,而使其相互勾连的缘故。或就是为了恢复业已被喧嚣遮蔽的本来面目?我寻求一种与心跳合拍的节奏,是从容、缓慢,也是混沌中的清晰。

假期刹那得度。此后,便忙中偷闲地在脑中绣,比如刚想到的是:"一枝红艳露凝香",那样一种深醉的、泛泛有光的红,却带着一抹暗影。它形成不规则玫瑰的形状,以不同的长短针,既有响动,也有重量地漫开去,再分散、变细为一条条抖动着的曲线⋯⋯可见色香,波漾满眼、人面迷离?这真正怕是一件永远也无法完成的作品了!

忍不住把"半成品"拍了照,发给一个忙得"快抽筋"的闺密。她意料之中的迟复,也意料之中地道出了迷茫:"你疯了吗?竟有时间做这个,你叫它什么?"我答:"写心而已。叫乱花渐欲迷人眼,如何?"她问:"什么花?雨夹雪?藕夹肉?"我问:"你确定你没疯?"

可怜,当然不只说她。

未完待续→→→

寂寞玉兰

　　远望玉兰如白鸽栖枝,凌空飞雪;近看又似羊脂美玉,莹然、剔透。近而视之远,远而反作成了近。胜过传说,就像是从不知处隐身飞来的鸟儿,抖落满身蓬松的雪羽,警惕四望,随起随落,起落也许只在眨眼间。

　　不敢眨眼。也许太美的尤物总是这样突然而至,它对平凡生活的擅自闯入,竟让麻痹的感官惊一个趔趄:这神奇、圣洁的无叶花,朵形方中有圆,圆中却又显端方。当我还在无名的影子里踟蹰,抬眼看远,雪精灵似的花儿,一朵一朵,就像缀挂在天地中间看不见的"腰封"上。即使眼珠子突出,似这般永远的初见,也无法尽收——它已把瞪到最大的眼睛占个满满当当,可还是搁不下,可又一时半会儿的闭不上、合不拢。正如作家木心指点:"生命是什么呢,生命是时时刻刻不知如何是好。"站在玉兰树下,万籁俱寂,我已不知不觉更不悟即使繁花,也是一种负担。

　　可无须纠结,不是去不去那里,而是如果不去的话,我又能去哪里? 时间原该如此浪费,何况绽放的白玉兰,白天与黑夜都那么晃眼呢? 在被吸引、被"诱惑"的路上,人不可能倒退。与蜜蜂、蝴蝶相似,我们却能够年年重新再来一次,又一次,直至无穷。

　　很久以前,一个乡下妹子和我搀着老妈走到这里,老妈停步歇脚:"我每天都等着那一天,终归要来的……"她一再提及的"那一天"，虽说命定，却并不等于"玉兰花开"的"那一天"。也所以，老人家才嗔恼："怎么还不开？都什么时候了？"似乎有点气愤，还有点耍赖；有点在乎，可又像有点不在乎；再有一点自怨自艾，虽不知从何说起，可又毫不含糊地不怪天、不怪地，更不怪那棵树，以及那个春天和那以后无数个春夏秋冬。

"看玉兰，应在月色下才好。"是啊，我想把那早早点亮的大灯、小灯，一盏盏错落着灭去……顷刻间，便有了月华的皎洁出尘；晶莹的露珠，会像打开香槟酒似的蹦出来；又听见一枚花蕾"啪"一下打开了，高高托举，挺拔傲然，自具庄严法相。

不明白偌大一个所在，有那么多密植的树木，为什么却只有这一株白玉兰？可这才生成了天地间的安宁：因为它和别的树一样，是树；可也太不一样了……而所谓寂寞，也许就是由群体中的"一样"和"不一样"，共同造就完成的。不知为何，我连喊几遍：玉兰，玉兰……我来了！

你听见了吗？这就是静谧吧？忽然就想起李白的《夜宿山寺》："危楼高百尺，手可摘星辰。不敢高声语，恐惊天上人。"而如果日子能再慢一些，再赏花，再踏青，不争朝夕——或是天上人间，是我们都想要的生活吧？

这一个潮湿之夜，玉兰树雾化成了眼角的一片透与不透，像越走越远的苍老和迷蒙。由此，我写下了一首自己也看不懂，恍惚迷离的小诗，那就好像是人在远方，心却在家门口迷失了：

白　玉　兰

在整个潮湿之夜它都亮着

整个夜晚

它只在我的视线里

风从雨丝中送来
裹着一个夜晚
如同裹着一团闪烁的光
一个雨夜,一阵风
一朵无叶的花儿
我在一个撒谎的梦中
承认了它的真实……

"榆园"

　　那日走去，见它干净到"一丝不挂"，三杈挺立的黑色枝干，直戳到冬日灰白的天宇，相比不远处黄叶零落摇曳的梧桐，倒显出了肃然之静态。也是，它不必忸怩出自己的那点落寞和孤寒。而枫杨在响，柳条在腰，水杉直挺比得过电线杆了；只它，使人难以窥探表情。

　　也许它没有童年，长得快且又老相。冬末的一场雨后，抬头忽见它苍老遒劲的树皮上鲜鲜活活的，萌发出了那许多密如针尖、针脚的嫩芽来。密到怎么排列它们都是整齐的——并没有空隙。如再向上看去，直至顶端，终会看到那一圈树冠，而天空就仿佛向"冠"里涌过来，明晃晃的绿与蓝，自组成了一个"教堂"的穹顶。

　　那几年，大楼里每家每户的孩子，如果拢在一起，要比冬天腌在缸里的咸菜还多。半大不小，半开化半不开化的，正是最爱生事的时候。前天张家的小三后脑勺被谁开瓢了，大前天又是底楼王家的窗玻璃被飞来的皮球砸碎了……可就在榆花结荚，挂出一串串嫩黄、浅紫的"铃铛"时，大家都习惯性地时不时仰头，看哪家的淘气小儿，这会儿正在头顶上晃悠：或上翘，或下压，或跳跃，而嘴里必定大嚼着榆钱儿解馋，要多少有多少，管够！

　　小一点的孩子上树，少不得磕磕绊绊，被枝丫刮破了衣裤，弄痛了手脚，便叽里呱啦哭嚷起来，引得那家大人飞跑到树下大声喊骂、拉扯、拖拽，树干正好就做了打小家伙屁股的靠柱和抱柱。都是立即执行的"刑罚",一来二去,小儿高的那地方,就脱落了半圈树皮,红肉般裸露的木纹里,常常渗出一些胶质,好像是因为疼痛而流下的泪。

更早时节,榆花的香气也早在碗里和筷尖上飘浮。给我家"送花"的,大多是住在二楼的"小山东"。他从他家窗栏上架个木梯,脱了鞋就上树了,所以也就总能采摘最鲜嫩、团绒似的小伞花,即可为我们的粗茶淡饭添点好味。

春日一日日远去,榆钱渐渐变白,之后便开始飘落了,纷纷扬扬的,落得每家窗台上都有它的身影。风过处,卷起满天满地,沙沙作响。

而当树杈上绽露出边缘有齿的绿叶的时候,地上已不见了榆钱的踪迹。仿佛眼前便只有硬如刀片的叶片,用指甲也狠掐它不透,似有油光泛出。当一只小麻雀投石般飞来,即刻化入密密的叶丛之中,丝毫不见叶动,继而,却有唧喳声传出。

某晨,像排着队,一团蓊郁中啪啪掉下了两条小蛇,这大概是因为前一日园林工人往树上喷洒了好些治虫的药水。之后好些日子,我们因此而远离那树。但那段避离却也"消灭"了几屋子的耳朵,引出的惊悚话题便是:从没发觉那里竟有蛇!那么深密,指不定还藏着什么呢?

于是一帮人齐齐来到树下,可都伸长了脖子,这边喊"上面",那边叫"左"、"右"——甩几根竹竿,好像是在树上"钓鱼"。喊叫与呼应,此次唾沫星子乱溅的"检查",自然以无果而告终,却叫大家都放下了悬着的心。

浓荫下的夏午光景更疯闹。我犹忆夏夜,月华如水,凉席如冰。树顶似乎比夜幕更黑,且在树侧斜刺里投下一大片黑影,影子很长,像一只超长的黑手,伸过了屋顶……

就在那时,听比我大的小伙伴讲《一双绣花鞋》、《绿色的尸体》

等，越怕越爱听的就是毛骨悚然的鬼故事：鞋跟咯咯，手杖指点那空荡荡的袖口……每回未及说完，却总有女孩叫着妈，却扑到了不是妈的怀里，可怜其觳觫！我捏紧拳头，心跳得直往人堆里挤，连身子也蜷缩得更小了；大妹胆大，纵然是脸上抽筋，却还咬着小牙挺坐在板凳上，连连警告我，也警告她自己：无论怎样，也绝不要回头。

但只是风吹树摇，刹那间，大家都不约而同地搬起了凳子，狼狈、呼啸着逃窜……

甘肃诗人娜夜说过：一棵树在他们那里，就是一个公园。那么，当年，家门口的一棵树，就好比是我的儿童乐园，我们曾戏称为"榆园"。虽然尽力抻长手臂也抱不住它，可及至四十年后，我才傻傻、怅怅地收手，不作此想了。

阿妮头

阿妮头，我的大妹，另有芳名。可关门开门，好像什么时候，有谁，都抬头低头，便唤一声阿妮头。上海人家里，阿妮(音)即家中第二个孩子的意思。加个"头"字，则更显家常与随意，窃窃如私语——依稀可悟出南方才有的温柔与温暖貌。绵软、平常、懒洋洋的，春秋穿黄蓝两色灯芯绒旧外套(俗话说：老大新，老二旧，老三破也)，似花非花，似草非草，粉脸如醉，语笑如痴……哦，说到哪儿去了？我只是要说我们家的那个阿妮头。

五六岁时，沪上肝炎流行，我也被感染住院。因为不允许探视，妈无奈戴个大口罩，在病房外满怀心思地来回走。护士阿姨拉我到窗口，指着窗根底下："看见吗？那朵大红花……"她是想让妈看看我蜡黄的小脸，可我一转眼，却立刻盯上了伪装得像女特务的妈，顿时哭得撕心裂肺——我要回家！

我出院时，阿妮头亦"中奖"，马不停蹄地，也被送去隔离。妈拽着我，一周几次探视。可我的傻妹儿，被护士小姐抱在怀，看见了窗下的我们，小手使劲摇摆，笑得像朵花了——"妈妈走后也没哭过"，护士们常在焦头烂额，一片乱糟糟的哭声中，这么高调表扬她。此话也被我妈在不同场合里，再三再四地转述——而今虽无人提起，却总不会忘记。

我很像是她随手捡来的姐姐。慌乱中，我来自哪里？某个游泳训练班的存衣柜前？家附近的点心店、文具店里？小学校操场的泥路(那时还没有水泥跑道)中？无风也似尘土飞扬的秘密阁楼上……漫漫兮往事悠悠，她乌眉黑嘴耷拉脑袋的样子，在无可躲闪的时刻倒也并不躲闪，诉说了断断续续、不断不续的"无忧无虑"。且说实话，她生出的那些大小事，一般我也应付不了。

爱，也祸害动物。从没有鲁迅的"一匹隐鼠"式的缠绵情思，却有鸡飞猫跳的热闹，而西瓜虫、天牛、叫蝈蝈、蟋蟀们，也不知造了什么孽，会落入她的魔手中？但也好说，一旦展示了它们的种种奇异"功能"后，便逐一放生，那童声清脆竟如吟诗和唱歌："各回各家呗。"

此外，阿妮头超级喜欢和小伙伴们扎堆，也打架。打赢了，笑；打不赢，一鼻子血，滴滴答答染红了开着水龙头的水槽，她却一声不哭。这样的莽撞事，被父母责骂多了，也就皮实了，还常常以隐藏不住的笑面对之。小胖妞，大眼睛扑闪扑闪的，咧着嘴儿，总是闭不拢似的。就连走过路过的叔叔阿姨，也忍俊不禁，拧一下，抱一下，这事就过去了，还能咋的？

爷爷那时也常做类似《红楼梦》里的贾母老太太，言及孙子宝玉的长叹，但同样是出于极疼极爱，所论证的观点却恰好相反，拎着她粉红色毛茸茸的耳朵，跺脚说："不会前生是个小子，却错投了姑娘的胎吧？"哎，我那时才初识字，就背着家长偷读红楼。某些生僻词，至今仍使我感到另一种可贵，仿佛那是拼图板上扭曲奇特的一块小形状，单独看，似无意义，及至以后，恰恰就牢牢嵌在当年的时空里，却是不可缺少的一块"凸出的回忆"。

诸如"英豪阔朗"、"不思量"等语词，就因此留在阅读的底版上耀然鲜明——仿佛正对景，活脱一个阿妮头，因而那也变成了我过往生命的一部分。咳，应该说我当年的作文，对陈词滥调似更感兴趣些。我紧锁着眉头，考她：知道什么是什么吗？她也只是洒脱一挥手，答非所问耳："你这些裙子给我，定是亏了，都没穿的机会。"少女时代，她就一直喜欢干练的裤装。究竟什么是什么也没啥要紧，可日日只想怎么玩得痛快，才叫人愁。

直到有一天，她把各种花边衬衣和长短不一的裙子，摊了一床，叫我们给她出主意配置，我这才知道天地循环秋复春，陡然一变，她竟出落成了一个袅袅婷婷的大姑娘。但内在的心性却依旧和从前一样，一向晨昏起居，是笑着来，也笑着去。奇了怪了，毕业后，她竟成了一名载歌载舞的音乐老师。

却又有看着她长大的隔壁老人家，哂笑评说："正是呢，如此方才对路，岂非阿妮头哉?"从来，一家子姐妹，一起淘气，一起念书，一起做针线。我可以拿下绣花的高难活计，她则忖度家中的需要，专攻织毛衣，是既不愿重复，也不起腻的意思——果真就做得十分到家，竟瞒过多少巧妇的眼睛，获得仿佛那个年代手工的最高评价："买来的吧? 别骗人啦!"

普通人的生活，绝非可歌可泣，但趣事累累如是，也已足够。至于一桌之上，含哺之恩，共箸之情，多了去的闲篇——而阿妮头永远是话篓子，从早到晚，叽里呱啦，再糟心的事皆可化成笑谈。她说：不笑就老了;或者说: 不作(念平声)就老了……反正，"不"多着呢!

所谓"一存于中，一发乎外"吧，如今知天命岁数的老姐妹相聚，却依然如孩童般疯闹。

那年国庆，她利用长假动了个手术。日有外头的(朋友)和里头的姐妹穿插相伴，满屋子里，只听见阿妮头的"磨牙"："我是不会老的!"我倒不明白这话了，可她却仿佛特地装深沉，低头在玩手机，回短信，再又撂下一句半句的："那个孩子的名字啊，就像是一篇祈祷!"其实，那是她的学生发来的祝福，感戴天地不老。她每回一条，一概都用"哈哈"和笑脸图像做结语，或标点符号。

原来如此,我虽不想听自己说谎,但也真承受不了关于岁月匆匆之类的、不尽情的所谓真话——真真的! 好咧,说到底,关于这个老的话题,我从童年起就该自我检讨了。

月光无痕

一年四季里秋月的光色尤为好。楼房的窗户里,马路的上街沿上,弄堂口路灯的光圈外,一扇吱呀的小门前,忽然就莫名停住了脚步。一抬头看行道树那么韵致,远处江上的桥梁灯火璀璨,像轮廓分明、美妙而挺直的鼻子,在做着一收一缩的深呼吸。可望不可即的幽蓝天空,好像已站了坐了千儿八百年,此刻才不由分说、懒洋洋地趴在远处的屋脊上,做宠辱不惊状。

万家灯火中有了月魄的亲密缠绕,远中近、近中远,总不觉得相犯,倒时常有些轻微的异样,使我抬头或低头。早晚,有牵挂,却也能怡然自悦。这清澈、跳跃的银光,于身心或有所裨益,闲闲自若,不见水,却如水一般涤清了心中万虑。

相比之下,夏夜的月光却与人更亲近。每每黄昏时刻,便逗留在路尽头的明处。就像声音有回响一样,黄昏的色与味,都因为这轮早早到来的月亮,而改变、分化或消失。我只好说,或大着胆说,儿时的月亮要比现在的圆。

至今还记得月上柳梢时,蝉鬼儿叫得那个震耳欲聋,父亲下班回家时堵在门口的黝黑身板;不点灯,也能看见母亲忙碌操劳的身影,恼怒地瞪大眼睛,呵斥我们摆桌子,放碗筷——月光便在此刻哗啦哗啦地被我们大口吞下,敲敲打打,抠下一块或一段,夹起又落下,折断翅膀胳膊腿……

月光下的晚餐,仿佛各家各户皆然:户外,穿背心、短裤,仿佛皆煞风景——回忆中,却由此反倒成了风景了。

三五个女人在说家常,七八个孩子在念儿歌,做游戏。酒鬼搂着酒瓶子;茶客走哪儿,一把茶壶就像广播电台,播送出去后,又随时收回来。时间的感觉也仿佛跟着月的轨迹而定,夜深了,该睡了,一扇扇黑窗外铺天盖地的竹床上,已有高高低低的呼噜声此起彼伏……看到了,是月儿常常跳出故事,直接出来介绍城市的历史背景,意图是不是太明显了?

在我看来,夏月最善于把握的大段落,反而是吵闹和喧哗,比如当年的日记里,有这么一节:"这男人重重地,将她从饭桌旁,一把推开。她的大嘴令我惊吓,那么凶狠地一张一合,吐出那些让我忘不了的骂人话……还有路人跳着舞步穿过他们中间的空地,就像从容穿过花园。"

那骂人话早不记得了,而由月光下的寥寥几笔而场景凸出,我这才体味到白描之美,可用最少的字营造一个最广阔的想象空间。世俗的生活虽落入了俗套,也可以回味以一击十的霸气!

我和两个妹妹挤在一张凉榻上,面对月亮,无话。有一刻我觉得自己飘浮起来,像开得如爆米花一样的茉莉花,像云朵,像天擦黑前没做完的语文作业,括号里有一句话,可我怎么也想不起来……

君子品德

庄子曾托名设问:"何思何虑则知道,何处何服则安道,何从何道则得道……"这个问题可说是人间至问——每一个人在世间,每一件事之间的比较,没有单纯技巧高下之分,只有境界优劣之辨,那么境界取自于什么呢?

上述的隔桌对话,缘起于我当初想得到富荣先生的指点,他的回答是:"徐芳,你什么都能做,就是不能再写诗了……"他说:文学编辑是杂家,其实也是个高危职业。当然,前提是你不打算仅仅混口饭吃;如果你还想追求进步,还想做得更好。而当我自以为约来了一些名家稿件,感觉却比自己写还累,有些埋怨着问:我们究竟有没有约稿额度?他答:累与不累,不取决于事情本身,而最终取决于心态。记得他还曾就此反问:"你就没有编辑成就感吗?"——我沉默以对,因为事实上我确实发现,做自己愿意、喜欢做的事情,累也是一种享受、一种快乐;可也常常同时感受到认真做事的压力。

也许编辑的工作正如他所说,也是"为己之学":可以吸收知识,了解外部世界,也是培养人格,达到合内外之知的途径。

他当初说这些话时,不知道桌上堆起的版样有多少?还有多少会源源不断地送来?就眼前的一摞,每张125行,万字左右,乘以每天的张数,再乘以天数、年份,所以我以为"编著等身"的评价,他是完全当得起的。

一杯茶,一支烟,一本书,完整构成了他工作之外的闲暇世界。他的"不爱出门",已具备了一致、广泛的定评。而读书这件事,不仅代表着他的远方和世界,也代表了一种放旷和自由的状态,它或许还代表了一种精神。于今而言,于官员而言,一种不可能的配置,却刚好达到了非确定的"幻境"特征,才真正令人唏嘘不已。

有次,他在《文学报》和《中华读书报》上发现了关于我的评论文章。竟打电话把我叫去,连连称好,把那两张报纸叠成方块,装信封后要我保存;同时连连关照,今后要有关于我的别的评介,也一定要送他看看! 话犹在耳,只可惜做不到了……

那次谈话却依然涉及一个主题:好的诗并没有一定的章法,却一定会有标准。万事如此。而这宇宙天体,如此浩瀚,如此和谐,如此宁静,如此透明,如此神奇,它一定有一种美妙奇异,胜过一切人间天籁。我们怎样才能听到,又乞灵于谁?

送别王总在 2012 年 12 月 27 日。冬雨飘荡,一种席卷的气势,一种铺排浩荡的壮观。下雨的天空,衬出了冬天的动感。注视,倏然而至的感伤,令人动容。岁末冬雨虽无变幻,但有力度;虽无密度,可也不乏气魄。扫荡天际的大气,不畏凛冽的内力,穿透、吹拂……我仰着头,屏住气,依然什么也没听到,却感受了高悬头顶的天体的空灵。在这浩无际涯、通体透彻的空间里,任何一块云彩任何一滴雨都似乎离你很近,它们距离宇宙的深处其实却极远极远。而所有人的影子全在大地山川上缓缓行走,所谓真正的博大不都是这样无藏的么?

我想起孔子答弟子子贡问水的话:"夫水者,启子比德焉。遍予而无私,似德;所及者生,似仁;其流卑下,句倨皆循其理,似义;浅者流行,深者不测,似智;其赴百仞之谷不疑,似勇;绵弱而微达,似察;受恶不让,似包;蒙不清以入,鲜洁以出,似善化;至量必平,似正;盈不求概,似度;其万折必东,似意。是以君子见大水必观焉尔也。"这是说水有九德,可比之君子。

　　现在当我拿水比之富荣学兄,眼前便复活了一系列情景,基本的人生模式,也仿佛复活了传统中人感受世界与人生的眼光和修辞。而随物赋形的君子品德,也不再仅仅属于古人。这些其实一直在我们心里,就像无名的酸楚与喜乐及牢骚在日常生活中,却原来是古今同慨。

春节遐想

　　这个日子,就像是一座古桥,保持千百年来的古典式样和烦琐的细节,两旁竖立着年份的栅栏,让所有的过客凭此远眺,看时间的水从脚底下怎样潺潺流逝,人生的路如何从山背爬过来,到此形成个节点,又远远地即将奔向天涯。

　　而爆竹响时,灯芯开花时,我竟变成了一个老人。摇曳着一头白色的"芦花",却不担心鞋子趿拉、袜子趿拉,我爱穿什么就是什么了(不必像儿时非得等到这个日子才能穿新衣)。拎着一根想象的龙头拐杖,迟疑着,把左耳朵贴在左侧的"栏杆"上,却疑惑过去一年的"乒乒乓乓"的落地声,或者那只是我的耳鸣嗡嗡。然而,右耳朵里,却又骤然响起了日子们热烈的喧嚣,那是新的一年,新的日子,殷殷然如雷鸣,也似海啸般摧枯拉朽……

　　抬望眼,天上除了火花,还是火花。而从未演过戏、登过台的我,此刻却尽可以无拘无束地在心中演出:扮一个牧童、一个渔樵、一个春闺中的小姐、一个替父从军的花木兰、一个驰骋疆场的穆桂英……想是什么就是什么了,这时候我可以"捏造"自己的一生——只因为未来还没有真正到来,过去还没有真正过去。

　　此刻,也仿佛能听见天上的声音,轰轰烈烈、红红绿绿……想"往事越千年"与"一万年太久,只争朝夕"诸如此类的话,其实互相并不矛盾,就我们处在现在的"现在"而言,看过去与未来,应该会大不一样。

身边仍有一群孩子在跑着、跳着，但我看他们很陌生，啊哈，是"00后"，以及"10后"了！而一个苍苍老者在使劲喊着什么？

我不会就是那个老人吧？但那句睿智的话肯定不是我说的，是早就有人说过了。还记得吗，反问的，有力的，必须加重点号的一句：冬天如何了，而春天还会远吗？

花坛里茸茸的细枝，还在脚爬、手抓地低头、鞠躬、致敬——哦，正在努力中啊！什么时候它们都没有死。而满天澄蓝、泼地草绿的景象，似乎就在明天，或者明天的明天，便会撞破眼镜片儿，穿越而来。

在一个既长又短的特定心理时刻里漫游，处心积虑地体会着看的快乐、听的快乐、嗅觉的快乐、尝味的快乐、瞻前顾后的快乐、蹒跚的快乐、慈祥的快乐、慢慢老去的快乐，乃至于一呼一吸的快乐。

拂面感觉的，不是季节降帆的冬风，而是升帆中的春风。就在热闹的饭桌上，在热力四射的祝福声中，我们已一起走进了下一个暖暖的春天里。

无雪的冬天

　　你出生之前的那个冬天很容易就过去了,那是一个漂浮的冬天、无定的冬天。我泳于时光。我和你的父亲一起泳于时光。我们在期待岸,期待岸鲜明地出现在地平线的一头。我们期待的岸是你。

　　那个冬天是恍惚而温馨的。我编织金黄的毛衣,那小小的毛衣,那有袖,有肩,有颈围的毛衣,给我以你即将来临的实在感。

　　我命令自己吃很多饭,吃很多菜,吃很多水果,还吃水灵灵、青涩、异味的,直从我的已经过去的整个童年里飘溢而出的一根根胡萝卜。我在想我得为两个生命而吃。我不知道你是不是喜欢吃胡萝卜,在你还不能为自己做决定时,我代替你决定了:你应该吃。只是应该,就像妈妈在那个似乎很容易就过去,又似乎很不容易过去的冬天里,应该、必须吃胡萝卜一样。

　　我还做很多梦,做那些广阔渺远的、无涯无际的梦。有着橄榄绿尖顶的哥特式建筑物以及尖顶之上盘旋的鸽群;土风舞的裙裾飘曳在非洲丛林的草棚之外,或飘曳在纽约南朗斯克区大街上……并有着狂烈的变形:岛以及一艘船;草原及草原上奔驰的马群、剽悍的马群与那些驯服马群、热爱马群的人们;一本打开的书与书中的序与跋……它们恍惚而有着波浪的形状。这样的做梦,就是妈妈在那个匆匆过去的冬天里,泳于时光之中的一种泳姿。就是在这样的做梦时刻中,你正以别人无法看见的姿态,泳于妈妈腹部的静水或波涛之中。

蹬或踢、扑或打、仰或侧,那时只有妈妈知道你的泳姿美极了。

妈妈给你起名。妈妈给你起名时充满了对于你的泳姿的想象。你的名字中的沛或许就是这种想象的结果。

那个冬天很容易或者说很不容易地过去了。

那个既很容易又其实很不容易就过去的冬天里,你的父亲曾举起过一枚硬币。五分的硬币闪闪发亮,像一枚正在喷射着银色之火的铅弹,暗藏着我和你父亲拟订的方案,茫然地向着天花板上起伏不定的花纹墙纸射击。既真实又很不真实的,只听见“轰”的一声,硬币的银色火焰在玻璃吊灯旁一个菱形平原上炸出巨坑,然后宛若以那个冬天的时光的速度坠落。

镍币掉落在绒线床罩金黄色的茸毛里,就像沉睡中的婴儿,像你。

我们在以正面、以 A、以一种命定的力量选择并且决定你的名字。我们也曾经抵达过字与字、词与词的腹地,在字与词的万千气象、百般峥嵘之间盘桓逗留,像一只衔字啄词的鸟,久久不愿离去。

那年冬天没有雪。星星像雪一样潇洒着、飘扬着,许多字许多词也像星群那样闪烁着。再一次感觉到某种神秘的情愫的涌起,继而的荡漾、蔓延,和那星、那星一般闪烁的字,也有一种联系吧。

拈一颗星将连带拉起那颗星曾经有过的轨迹。拈一个字呢?亦然?

凝视,也凝想。想到一个老者。

他的名字里有“蛰”,有“存”。果真就蛰居了三十多年。

那不是泳,那是另一个动词: 蛰。

看得见时光在怪岩叠嶂之中的一个洞里,无声无息地腾挪,无声无息地做出扑食的形态……他曾经有过的辉煌证明他是一个巨兽,仿佛还证明着字与命运的一种勾连，或者说命运和字的一种勾连。然后就有了他蛰居的命运。三十年的时光就像一个洞。

在那个无雪的冬天，我就很信：信这字，这词可能和人的命运所产生的那种联系。那时，我想你的名字，应该有辽阔的气象，时间和空间上都有一种辽阔、一种弥漫和一种渗透。如同辽阔的天地，如同辽阔的草原上信仰马群的人们，他们所世世代代歌咏着的弥漫于、渗透于天地之间的长调一样。

头枕着那个冬天，背倚着那个冬天，当那个冬天整个儿地过去之后，你降临了。正月初一，一个多么奇妙的时间。这个时间是冬天所孕育的，但当这个时间到来后它却整个儿背叛了冬天。它是崭新的开始，坚硬的冰层在这样的开始后有了松动，凛冽的北风在这样的开始后渐生暖意。我们的祖先以一个极富概括力的字把它称之为元。于是你的名字里也有了元。

元沛。我们叫你元沛。在那个无雪的冬天过去后我们叫你元沛。

我们在你的名字里看见了一种绵延、一种无限、一种自身生命的延续。也看到了冬天过去之后的开始，听到了冬天过去之后冰凌消融的滴水之声，叮叮咚咚、潺潺缓缓，并渐渐融汇聚集成水势沛然、浩浩荡荡的春汛，弥漫于渗透于被冬天剥夺得干旱而贫瘠龟裂的土地之上。种子和花朵在这样的时辰开始在土地上航行，而果实就是港湾，就是彼岸和到达！

悲壮的报答

鸡是什么?

鸡是陌街尽头一排有栅栏的铁笼子里圈禁着的生命吗?它们往往无声?即使引颈长鸣,也是在帮衬着它们的主人们,在招徕、诱惑主顾们光临,使得它们被宰杀的命运早一点降临?

鸡或许意味着荣华鸡、德州扒鸡、符离集烧鸡、叫花子鸡、小绍兴三黄鸡,乃至肯德基家乡鸡?

鸡还是有灵性的生命吗?

那吹过来的是漠风,那悬垂着的是落日残照;那悲壮的落日掩埋之处,是无边无际的褐色戈壁。那里会有鸡吗?

有一群鸡。那里很真实地有过一群又一群鸡。

想象一群鸡的繁衍,在戈壁。

倘若进一步想象的话:在坎儿井间或明亮的空地上,在芨芨草和红柳丛生的深处,在钻天杨筑起的防汛林稠密地带……它们生存下来了,像它们的主人一样生存下来了。

偶尔,在早晨或者中午时分,它们悠闲地踽踽游荡在一条公路上。它们常至戈壁的砾石之间,在那儿觅食。

它们有过健壮生长的时期。其实这也表明了,它们无法逃脱它们的种族所具有的那种灾难。因为这之后伴随着它们的,是一场噩运。冥冥之中,是哪一双手在操纵着它们的命运呢?

一只鸡死去,又一只鸡死去。

鸡瘟蔓延。芦花鸡、白洛克鸡、大骨鸡、油鸡、浦东黄、澳洲黑……它们庞大家族的每一个分支,都无法不染及这一场鸡瘟。

只能看着它们死去。它们一个接一个地死去,像是去践履它们家族的某一条约定。谁的手能够撕毁这无纸之约呢? 他站立在那儿,他那时站立在戈壁一隅。戈壁像一张铺张开来的黑黑苍苍的大纸,他就像一个字站立在戈壁之上。

他抬脚,这个字动了一下;他弯腰,这个字动了一下;他抬胳膊,这个字动了一下;他伸手,这个字继续动了一下。也许,这个在戈壁上的字的缓缓动态,标明了他的困惑、他的忧虑。

很小的鸡的影子,在戈壁上倒伏。而他的很长的影子,却在戈壁徘徊。戈壁无语,戈壁保持着巨大的缄默。戈壁是非动态的,戈壁唯一能做的是:缄默。

他再度移动他的手。他的手能够不怎么轻松地移动着,他的手里有一支很小很小的药瓶。是一瓶普鲁卡因青霉素,当然是人创造出来给人用的。他知道人使用的青霉素,同样可以使人所饲养的非人的鸡获得抗病能力。但它只有一瓶。他必须选择,在众多的鸡们里,在它们中间选择一个唯一——这当然很悲悯,也可说很残酷。

在回忆中,他不知道,在那时,他在戈壁举起的手,冥冥中,或许契合着上苍之手了。他并不知道应该如何回答:谁是那千分之一或万分之一呢?

谜底是一只澳洲黑。漂亮的羽毛,羽茎、羽杆、绒毛,都像它栖居的戈壁的砾石的颜色一样,或者说像这里浑沉的大漠之夜一样。它的肌肉也如同戈壁的砾石一样,坚挺、坚实、匀称。

他在回忆时,想到了它那时其实像一个少女一样,正在度过它的黄金岁月。说话时,他闪亮的双眸,仿佛也表明了:在那时……他也正年轻。因为,他叙述的语调,同样有一种闪烁——一种金属般的光泽。

那种特别的语调,也许就是给澳洲黑的。它活过来了,它在普鲁卡因青霉素的作用下,抵抗住了那场瘟疫。

他总是能够看到,一团漆黑的羽毛簇拥着他。在渠堤上,在何处归来的黄昏,或是在他从巴扎醉酒跟跄的途中……

莫非这就是报答吗?是一个生命对另一个生命的报答?或是一种生命,对另一种生命的报答吗?就像一种生命所用的药物,作用于另一种生命的肌体中一样?

谁能够在那一片无边无际的戈壁滩上,紧紧抓住上苍之手呢?那么,在那个夏季或秋季,他抓住了吗?

再逢劫难。这一场劫难,这一场瘟疫,来得是如此迅猛,如此突然,澳洲黑在劫难逃了。

它没有逃。在被击倒的前夕,它已经度过了它的辉煌岁月。它的漆亮的羽毛,已开始变得黯淡。它的坚挺、结实、匀称的肌肉,正在松弛、松垮下来。可它在最后倒下前的那段时光里,蹒跚地从野地里,从望不到的戈壁深处,顽强地回归了它的窝巢。它想在它的窝巢旁,看见它的主人吗?

万万没想到的是,就在它的窝巢里,它生下了它生平的第一只蛋,也是最后一只蛋。然后,死去——去践约它们家族的约定。

它完成的是一种悲壮的报答吗?

在听完这一个关于鸡的故事后,我该如何思索它们在城市中的命运呢?或者是,我如果想尽然窥视另一种生命体的命运,该如何走出城市?它意味着走向大地,走向更为广阔的世界吗?遐想中,总觉得有什么恳切地望着我,有期待,有依恋。

少年子弟江湖老

　　毕业二十九年后，小规模的一次在京同学聚会。一个同学通知了另一个，另一个再说与了其他两三个……都是随意，逍遥为乐，和光荣榜和混迹得咋样并不相干。而同学中一个传一个的，那"神龙"，却谁都见首而不见尾。

　　我们的课程尽皆忘在爪哇国里了，但自己的历史和地理，却已站在了岁月中间，像十万大山，压迫着忙忙碌碌的日子。少年子弟江湖老，太严肃、太沉重的人生话题，则不免乏味无趣，幸得有数瓶好酒助兴，挽袖子撸胳膊，一杯复一杯。试问："先生能饮几何而醉？"对曰："饮一斗亦醉，一石亦醉。"此是醉话无疑，既然饮一斗已醉，如何再饮一石？酒不醉人，人自醉也。

　　朱童鞋，俺班首任班长，文艺理论专业出身。业余写字，从少年宫起步，据说其书有某主席、大书家的行云流水之貌。彼此同学时，我只记得他曾以音符写汉字，有的符号胖了，有的线条瘦了，大大小小却一概飘逸入云，甚是别致。课余也习二胡，常作杀鸡唧唧，乃至杀猪之呜呜音，别人穷途末路不得已而"逃难"，他却歪着头眯着眼，做出无比陶醉的样儿。现今竟是中国音乐家协会的会员，在某公园、某广场、某剧场，不等拉起来，只待他把胡琴往腋窝里一夹，自会有人围拢过来，当然他也神气活现起来——因为并不靠此吃饭，另有自己的"金饭碗"。琴与书，只当"业余"一乐子。

　　赵童鞋,大约二十年后,我才知道,她大约是我们年级里行政级别最高的"领导"。一只漂亮的手袋,一根搭配美罗裙的细项链,远远地看她走来,直至看见伞尖上晶莹的雨滴,看见伞外浪涌一片,虽说雨丝、雨脚都混沌一片分不清,却又切切实实看见了那种曾经熟悉的娟娟风致,绕梁,绕着记忆,不散。我们唤之赵美,她在微群里名"游龙",不消说,其形迹也是"翩若惊鸿,宛若游龙"。

　　钟童鞋,近三十年不见,当我们枯守一隅时,他已历晴川萋萋。最困难时据说拉过板车,做过海员,踏上世界二十多个国家,才终于成得正果。一笑微温,啜半盏残凉,却把沧桑说得如风轻、如云淡,轻言细语好似谈家常一般。

　　沈大,当年团干。正值盛年,却把办得红火的公司售卖了。谈起人事,样样清楚,件件明白。他是活简单了,却"简单"得令人困惑。所谓"大道至简",或已得其精髓与神韵若干。人称高尔夫先生,欣然蹈于其中,仿佛全然忘记一切。此时当远处传来球场上的击球声,侧耳,便一一指出这是好球,那是较好或不好的球,因为发出的声响不一样。

　　朱教授依旧青春如昔,黑发如冠;书法家张童鞋,就连伸出来的手指,也保养如初,他指着天上,说:"看星星!"夜色阑珊,露台烛闪,杯盘狼藉……

　　头顶的星星自是远近大小各不相同。有的有光,有的没有光;而有的尚有梦,有的已没了梦。在夜空下,我不知怎么就睁眼睡了一觉,自语:"就这么过吧。"再看荷花朦胧,后海沉静,各家门,各家户,各个掩着门户。

别了，咪咪

我有着和《伤逝》里子君同样的爱好：养动物，当然是宠物类的动物。小时的养鸡养鸭，能不能算入其中，似乎还有些吃不准。因为它们最终都难幸免于被吃的命运，当然我养它们是为了兴味，并不是为了吃肉。除去这两项，我还喜欢猫，一定要说因为所以的话，那大概就是因为我属虎，而虎猫同科的缘故吧。

我家却从未养过猫。家里孩子多，地方小。人都没地方搁，哪有猫的地方？特别是三家合用的卫生间，常有人一头把门敲出鲁智深醉打山门的那般阵势，一头还嚷着：快快快！所以我与猫结缘不在自己家，而是在我爷爷奶奶家，那是上海浦东的一幢老屋，那里有老鼠，所以也就有猫咪。一大群猫在屋外悠闲地晒着太阳，男女老少的很齐全，它们也许都各有主人，我不认识主人，但却认得猫。有人说见过猫开会的情景，有人不信，以为是鬼话。而我却据此引为同道：那不就是开会吗？甚至它们中的哪个是"领导"，其中哪个比较守纪哪个比较"爱提意见"，我都可以给你一一指出来……至于我，只能算个旁听的，猫不理的一个旁人。

当它们的会开到了一间不属于我爷爷奶奶家的小屋里去的时候，或者它们索性跃上了房顶，在我的头顶上奔跑招呼时，我发一声喊，想就此截断它们的去路，但却往往无效：吵吵闹闹、去去来来的猫们，根本就没拿我当回事。就算我眼明手快地抓住了其中的一只小的,它却弓着背"吱溜"一下挣脱了,然后飞快地逃走。一只两只三只,它们互相戏耍、互相打斗着,可还是抱团的,是一伙的,除了我。

当然有个别"思想者",就像人里头较文艺倾向的那种,落落寡合、行动迟缓,就更不和人亲近了,对我也只会更疏远。这是不是就是我拿吃食来诱惑与折磨它们的理由呢?也许。记得有一次,我想尽种种办法激怒一只老猫,那猫胡子抖动的,谁也不会以为那是笑——果然我被它咬了一口,活该!奶奶大声地叱骂。她说,我的表现是一种"恶喜欢"。而她认定我有这样一种坏毛病的原因,却全是因为我对待那群猫的态度。我常常会想起它们,也就因此想起了自己的"坏名声"。

见到贵族的咪咪,已是在大学。班里的一个有童心、却也不怎么规范的男生既养猫又养鱼,爱鱼也爱猫,爱猫同时爱鱼——他的爱是平均分配的,也一点不觉得矛盾。可他养在自己宿舍里,自然就遭到了其他人的反对。明的抗议也许不起什么作用,有人就想出了暗招。比如说他的鱼忽然一日少似一日,可活不见鱼又死不见尸。多少年后的同学聚会中,醺红着脸的上铺兄弟,拍着他的肩膀终于承认:是自己偷偷地把那些美丽的小金鱼,喂了他的美丽的猫,却至今还在为这份美丽的伤逝而痛悔……对于美丽,似乎总有人在痛苦,当时是他,他曾为之要发疯。所以他把那只波斯猫送到了女生宿舍,让我们代管。

这下可热闹了。这么说吧,女生们疯了。或者说,这只美猫的风头,盖过了我们宿舍里最漂亮的那个女孩,证明就是大家狂乱地赞美它、奉承它、想尽办法讨它的欢心。我往往和它一玩就是几小时,离开时却还有些不放心。可它哪里又是寂寞的?它的那种忧郁的眼神,仿佛另有意味,是因为那些鱼吗?我想至少那应是一个谜,对猫,对鱼,对我们。它病了,也不知是牛奶、鱼片吃多了撑的,还是因为勤于洗澡受了凉……恹恹的,也没几日,就死在了一个最会哭的女生的怀里。那女生用眼泪送走了它。

那猫还是被物归原主,埋了男生宿舍楼前的冬青树下,记得还郑重地举行了一个葬礼。有人致悼词,有人呜呜咽咽地好像是吟了一首诗,更夸张的是,似乎有人就叫了一声猫咪,便哽咽泣下……青春与猫,成了这地方永远的供物。

终于我们都离开了那儿,我是最后一个。走的时候,我在校园里幽幽走了一圈,虽然那棵冬青还在,而且更茂盛了,但却没来由地觉得特别陌生。死去的猫是属于过去的故事,而我们也都像被埋葬的那只猫一样,正在完成着自己的转化,我忽然有些惶恐。

终于没有养成猫咪。那时,同事盛晓虹已经给"我的小猫"断了母奶,进行了必需的训练:比如说它绝不会在上班的早晨同我们抢厕所;比如说它会自己叼奶瓶;比如说出门会朋友的时候,它会在桌上留张条——当然这不可能,可它也绝不在未经允许的情况下出门。多不容易啊!它出生以来的两个月时间里,晓虹天天同我报告着它的眼睛与毛色的变化,它的本领的增加——这使我如同天天面对着它的成长,我渴望早一点、再早一点,就是摸摸它的小尾巴也好。

晓虹口口声声地声明,他是要给他们家老猫的孩子找个好人家,并不是随便就送人的——听听这话,我实在感动。我说我知道,我还说我的某某老师不就是把他的猫称作儿子,实际上比对儿子还亲吗?我就差点下保证:我会对它好的了……

在一个星期天,晓虹终于约请朋友开车,要送猫及它的所有的用品上门,而且他和他太太还要亲自陪送——但即使这么隆重,与我还是无缘。像这样打瞌睡般的幻想故事,也许不止演绎了一次。

我爱猫,可我实在没有想到我周围的一些人却并不如此。哪晓得我老公在最后一刻坦白以决我的狐疑,之前他说了这个理由、那个理由,却一直没把这话挑明:他怕猫!!! 儿子和老妈也与老公统一了立场,这么翻写的一笔,把我逼成了少数派,爱其人却不能及其猫,思之实在无理呀。

　　天知道,竟还有人怕猫,为什么? 这简直是不辨好坏不辨忠奸冤屈好猫嘛⋯⋯可没奈何,我还是独自去想咪咪乃至咪咪们吧,默默而想,心情总有一点点黯然,可能还会有一点点孤独。

一个春天和几个诗人的往事

老米是个诗人

老米是个诗人,客观地说,老米这个诗人也并不特别出名。

老米来了,我的第一反应就是:多么平常的人啊,太平常了吧?!

原谅我,其实是因为我之前对他期待很高,期待很高的原因不是因为他写诗——写诗不算什么,那天来的人都写诗,一个都没拉下。而且,那时候流行一句话:树上掉下片树叶,就必会砸到一个诗人!——此话极言诗人之多之众!调侃得不能说不雅,但背后的潜台词,还是让许多诗人心中戚戚与忧忧。我也是戚戚与忧忧中的一个,和很多并未被树叶砸过头却已经缩起脖子的诗人们一起,总觉得哪里有些凉:脑袋?脖颈?还是心尖上?

我们中间有个人在自问自答:太阳是为你们升起的吗?不!

春天是为你们而到来的吗?不!

我们可能都被这"不"字(带惊叹号的)给吓住了,久久、久久伫立于落地窗前,默默的。终于有一个声音在问:现在是什么季节?

还有一个声音对着桃红柳绿的窗外景色,不自信地回答:春天吧?应该是春天啊……

名字里有龙字的那个诗人,起初很温吞,他"哦"了几次后,像被卡了喉咙，突然龙性大发，疾言厉色而骂："他妈的春天"（不知现在美国的他，于无奈或难堪中，是否还会作如此骂，是否会因此想念那个因为激动而可爱的春天。）……

一个春天以及以后的无数个春天都过去了，那个春天之所以没有一去不返，是因为它在我的心里是奇怪的、敏感的、激动的和脆弱的！

呵呵，入我眼中的许多诗人，那时候都在情绪上喜怒无常，行踪上飘忽不定。

那样一次好不容易留在记忆中并没有被删去的"诗人兴会"，可说是意兴高涨，气氛热烈，绝没一点点阑珊。但我们大家正儿八经地、严肃地谈着的，却是和诗歌毫不相干的一个（也只有一个）主题：钱。诗人们顾左右而言"它"，当然事出有因——

一个狂热的时代结束以后，中华民族在冷静的反思中醒悟，为了每一个中国人能有尊严的生活和梦想的权力，为了我们的民族真正可以笑对未来，中国必须改革开放，中国必须走向富强——那么在经济时代电闪雷鸣般到来之时，诗人何为？！

垂头丧气者有之，摩拳擦掌者也是大有人在。

矮墩墩的老米进来的时候，垂着双手，挺着胸（后来知道他很是热衷于国标舞），他仿佛是"踩着步子"进来的。不管怎样，老米顶着一个真正的经理的名分，那正是我们心向往之的未来角色，每个人都目光灼灼。

当理想的火焰在我们眼里熊熊燃烧的时刻，我们想不出老板该是怎样的，也只有依葫芦画瓢……熟人以及初次见面的人们，都围拢着吵嚷了一阵。见他和一个人紧紧握手时，把另一只手在另外的一个人的肩膀上大按其按。大家都很高兴，坐下以后，喝茶，老米要谈诗，还谦称自己写诗晚了。可是气氛总有些旁落，哪怕老米点这个人、那个人的名字、作品……他真是用心读过,也有自己的想法。但这个话题哪里抵抗得住"下海"的阵阵涛声。

在这样震耳欲聋的涛声里,心不被裹挟而去,太难太难!

一个著名保健品公司的老总,像伯乐相马一样死盯着我和我老公看了几眼,便摇摇晃晃地预言:我和我先生一定能经商成功!他说:只凭一个细节我就知道!正因为有了这个细节,我才有了天赋被埋没的自艾自怨:试问谁能放过自己的才能呢?我就是!(哈哈!这下有了自欺欺人的资本了!)

我要的货和我要见的人一样,
都埋伏在黑暗之中

那个热腾腾的聚会上,由于急切和冲动,由于吵闹的气氛,我后来把那个"细节"给忘了,但那个评价却是终生难忘的。由此保健品公司经理还在当时突然一挥手,说由他们提供保健品,让我们代销,开始万里长征的第一步,而且事后结账——就是说是空麻袋背米,我可真的坐不住了!

此次聚会后待不了几天,我就奔老米的公司去了,他答应给我的空麻袋里再装点货。老米的公司在老城厢,屋子里甚黑甚暗,有盘曲的木扶梯,有廊连接这里那里,当适应了屋子的光线之后,发觉每间房里都满满腾腾的,我要的货和我要见的人一样,都埋伏在黑暗之中了。

我见了另一个经理,老米介绍我是诗人,那经理哈哈大笑,我当然不以为忤,而以为然,跟着笑着把事办了。会计还是出纳姑娘的蓝眼皮一闪一闪的,也甚觉可爱。在这些房间里在平日里应该非常熟悉的物品间穿梭,我从未有过地感到新鲜和奇特。我的热情在高涨,老米在短时间里显示了他生活的另一面:从他口中我得知当时最好买的是处理背心老头衫小儿白衬衫等等,多少量卖多少价可以赚多少钱……那是商业社会的一面。构成有很多内容,随便选取一段,都能具体而微地显现出这个特点——老米感伤气十足的时候,只是在他谈诗的时候。

和老米,在那段时间里,就只谈生意不谈艺术。

虽然那生意是极其草台班的,我一个人去进过几次货,自己雇黄鱼车,有两次是我的学生给我找的他的朋友的车,那学生已经工作了,他也当然看到了老师的另一副模样。也许在他眼里,这也是作为老师的一群人的可以理解的命运与象征吧,所以他提供各种便利,甚至穿着制服陪着我们练摊……

论起来,还是名字里有龙字的诗人,最有激情,手笔也最大。慷慨激昂,五内沸腾,四海翻腾云水怒五洲震荡风雷激,壮士一去兮不复返……经商如同写诗,他绝对是怀揣壮怀之志的,他也是真正一去不回头的人。回头再看那一段历史,我还是以为他是个"人物"。

某种意义上说,我们的所谓经商,就是跟着他玩一程,并没有长远的打算。而他则不然,毅然决然辞了工作,包括那顶不大不小却有着很多实惠好处的乌纱帽。他的行事方式灵活,不乏圆通,却也透出一股子不达目的不罢休的劲儿,一条道走到黑的,一意孤行的劲儿。商场有时也爱开开玩笑的,让他把那股劲儿发挥到极致,发挥到无以复加的地步时……他曾借着酒劲在他做东的酒席上向我挑战:今年你写一百首诗,我开一百家连锁店。怎么样? 我们开展社会主义劳动竞赛好吗?!

我看到的是一个迫切追求成就感的豪放诗人。

他的眼睛会多么快的闪一下,然后说:来不及了,来不及了……若不以成败论英雄的话,我们都一致赞赏他的胆魄与雄心,他的坚定。

眼前这条路是条幻想的路

　　我们曾经一起摆过摊,在那个春天中的几个星期,在一次贸易集市上,我们的一个摊位和龙诗人的三个摊位紧挨着,摊位的号码里都有个"8"在熠熠生辉,感觉熠熠生辉,也许是因为那几日只要一空下来,我便大睁着双眼,看那个数字。其实也没看出个门道来,看就看个热闹,其实就连我们自己也成了热闹的一分子。空气中有一种躁动的成分,人流似潮,我张望着这来来去去的人群,更觉得眼前这条路是条幻想的路。

　　远处有个人挥舞着大喇叭,站在桌上,用激动人心的腔调,一遍又一遍地重复一个"故事"、一段抒情:"我是某某皮鞋厂的销售员,阿拉的厂长姓陈,叫精明!"路人哗笑起来,有人停住了脚步,他熟练地停顿片刻之后,又兴冲冲地说下去:"这个陈精明(谐音神经病)厂长,盲目生产,造成了积压。这么好的皮鞋原价多少多少,现在可只卖某某元,走过路过不要错过……"他抬起脚,皮鞋锃亮,转了几圈做展示。又握起拳头,往肩背上搭着的同样锃亮的一串皮鞋上捶一下,顺手又把一双样品鞋扔到了一个顾客的怀里:"看一看啊摸一摸,不买也没关系!"那架势却是叫人实在无法拒绝。

　　这个叫人觉得打眼的人,其实相貌平平,瘦高个,嗓音却不一般地洪亮,戴副眼镜。龙诗人自嘲说自己当年在职工诗歌赛上仿佛也是这般模样。我们都被这个陌生的"诗人"吸引,觉得他有趣,可能还稍稍有些动感情。性格开放的龙诗人,有次收摊后还热情似火的去与他联络感情,却意外遭到拒绝——可他仍然对他好奇,接连好几日说的都是他——他(龙诗人)说又多了一个观察学习的样板,态度虔诚得像个小学生。

　　我们其中每人都算学有专长,李其纲先生成了卖小孩子衬衣的专家，一报身高再问个胖瘦，他就能答以准确的尺码号。一帮子大妈模样的女人们，把他团团围在角落里，他一边说话一边与她们做着手势：这么高那么高……他如去上厕所或去抽烟，就有些跟跟跄跄的，如突出重围一般。我暂时接手，就有些麻烦，会有大妈颇不满地说话了：让那个男的来，他知道我们要的尺码……我只好一连串地赔不是，因为直到最后我也没搞清楚他的那个系统里的符码该如何换算。这也是一个井然有序的系统，但我却无法进入。

我自有我的强项。卖营养液卖到了很高境界：有主妇带来了丈夫，要我把对她介绍过的那些说法，再对她的丈夫重说一遍，她眼巴巴地在边上还喃喃重复，说怕回家就记不住了。她和她丈夫拎着袋子渐行渐远，可她的喃喃之声叫我终生难忘。除此之外，我还把几十箱营养液卖给了一家公司，作为他们的公关礼品。他们到我这小摊上来进货时，正好营养品公司的经理来探视，他的一声惊呼，让我好不得意——很有成就感哦。

买工艺的木挂件，也是我的所爱。一抬手就让一个新装修的饭店老板下了大单……他的饭店就全用这个装饰墙面了。走之前还把他的名片留下，说我若想"跳槽"可以找他，还说：再多说一句，会有很好的发展！也许他把卖衬衫的那位，看成是我的老板？那"假老板"下巴用力往下一沉，可我是用力才能忍住那就要喷发的快乐。

那个自以为是的人，不得不让我想起另一个人：伯乐。哈哈，当然我就是让伯乐空手而归的"宝马"。在那一分钟里，我可真想像马一样撒欢跑向远方。浑身上下都是力量，满心都是惊喜：原来我能做好！

龙诗人的装备在整个这一片里是最豪华的，入夜几盏汽灯灯火通明，在灯下，一举一动就有了他说的舞台感。几台大冰箱一字排开，嗡嗡的机器声像在吟哦。不需要特别的什么笔墨，只需给出几个关键词句,就能还原出那个有些茫然的世界:夜色、突然匆忙流动起来的人群、自己饭盒里廉价的饭菜味道、硬币叮当的数钱声、龙诗人雇的几个小营业员的嬉戏打闹声以及拉长的黑黑身影……而我觉得很疲累的双腿,就像尾巴一样耷拉在地上——我不想飞,连跑都不想了。此时,那个大方而慷慨的朋友,依然鼓动着你向前看或者就是向钱看……

我知道会有很多感慨……

仿佛雨过地皮湿的过了一场戏,我们还是退场了。就"摊位赛"的实绩而言我们是小胜一把的,但我们还是回到了固有的轨道,回到了清苦却仍然觉得安稳的生活中去了。龙诗人小试牛刀,虽然这把刀此时还未开锋,但这一切却无碍于他,对他来说,试的是自己的勇气,他并没有因此消沉了意志,于他这就是成功。果然,他一步一步地走远了,做大了,轰轰烈烈,直至最后轰然倒塌。他永远回忆他起步的那个摊位,因为那是万里长征的第一步,在那个起点上,他看见的永远是自己意气风发的状貌。就是在美国的今天,他说一想到这,脸上都放光——当然,我能想象。

前年,老米因病去了天堂。在龙诗人做大的那几年里,他俩曾经再次合作过——仍然是生意。我在电话里给龙诗人通报了这一消息,龙诗人莫名其妙地感慨了:"那是多么好的春天啊!"我知道龙诗人会有很多感慨,他会无可奈何地说个没完,但不知道他说的却是这么一句。我也因此很感慨。

写春风

　　春风应是一次次从南到北的快递,以比网络更快的速度传递了绿色的惊喜消息。因为王安石说了:"春风又绿江南岸,明月何时照我还。"不管这绿是片片绿的,还是簇簇绿的,绿的本身,不一定要说明它各个组成部分之间的关系;就像春风亦不必说明行走路径,一个"又"字,恰如我们之所愿。

　　唐诗某篇中,马蹄声又从远而近"得得"地响起来,春风此刻在我脑海里,便是一匹快马,在空旷的大气中那么奇怪地涌来交谈的人声,一团祥云正在那个诗人头顶上往后掠去,仿佛就从云气深处,传来了恭喜、讨彩、激赏的交口称赞;大马忽然昂首嘶鸣,可立即被一阵更热烈的叫好声淹没了。沸腾喧嚣的市集沉醉下去,变成了一缕缕遥远的欢笑:那快乐变得那么隐隐约约,使他以为仅仅是擦过耳际的飒飒风声。而长安花竟如心花般一路怒放,马儿和马上的娇子,却如春风一样仍在向前奔跑——孟郊的"春风得意马蹄疾,一日看尽长安花。""看尽"便是唐以后历代赞为最"得意"之形色,我还啰唆什么呢,来吧,春风!

　　记得春风里还有一把著名的剪刀,盛名自在"张小泉"之上:"碧玉妆成一树高,万条垂下绿丝绦。不知细叶谁裁出,二月春风似剪刀。"贺知章的《咏柳》诗中阐述的春风之力,在我,是由一次震惊感觉到的。"剪"与"裁"的动词连接,比之王安石无声无息、不露声色的

"绿"字,虽更见形象,可也似稍稍刻板了一些?

但若没有"刻板",可说也就没有了招摇。是龇牙咧嘴的残酷春风才把许多个场景中的很多事物联结起来成为一个整体,当然也是一个充满活力的整体——包含变化的自然万物。由此默想:没有变化,也就没有我心中吹拂的春风。换言之,春风的准则绝不是一味追求新奇。

又是一番天地:"忽如一夜春风来,千树万树梨花开";"人面不知何处去,桃花依旧笑春风"等都是名句、好句。而元好问的《同儿辈赋未开海棠》诗中:"爱惜芳心莫轻吐,且教桃李闹春风",春风只因一个"闹"字而活泼泼的,竟如少女般爱娇。至于李白的《清平调》:"云想衣裳花想容,春风拂槛露华浓。"要说也实在奇特、灵动——春风又不是神仙,竟幻化出了叠影、重影,它或有孙悟空、猪悟能那样的本事,美人的脸一抹则幻变成花儿? 花儿亦是"一抹脸"却变成美人了?

还有诸如"池塘生春草"之"生"字;"吹皱一池春水"的"吹皱"两字,都是模拟出春风动态的名字名句,那也早已在文学史的"板"上钉钉了。

搜索枯肠,差不多把前人的诗词都掏空了,一个神经质的习惯性动作,就是:迅速举手去拂额上的几绺不听话的短发……

那日接到"写春风"的诗歌约稿,着一袭长风衣,我正走在千古的长风里。一如以往猛烈的春风,春风也一如以往的混沌和脏兮兮,让我赶紧闭口不再说话。无奈用微博先回复了一条:"身心被拍成了一具乐器,只有嗡嗡的共鸣。"之后便在手机里胡诌了几句,不揣浅陋,想表达的只是一个现代人对如此渺渺远远的文化春风的感触与致敬,仅此。

兹录之:

风继续吹

吹断了树枝

吹开了窗户

吹翻了我……

那睁不开眼的迷失

以我重重摔倒的

舞蹈姿态——

夸张了十二万分的惊喜

啊啊，不等大风

呵斥我的致敬方式

就一把抱住

在风沙身后躲藏

的腼腆春天

听她咳嗽，大声喘气儿

即使再用力挣扎

我也绝不会放手的——

"你"鼓舞了我!

　　一个人无法看到自己的极限在哪里,一个人恐怕也无法真正地看清自己的局限在哪里。

　　曾看张德培打球,看到后来,是不看球,只看人——看那个虽不会说中国话,却亲切地长着一张"龙的传人"的脸的美籍华人,怎样兢兢业业、勤勤恳恳、不屈不挠地奋斗着。绿色的网球在阳光和速度的作用下,变成了一道道银色的闪电,兴奋、跳跃、变幻不定,而那张脸却永远是一样的表情,认真的、警惕的、一丝不苟的,是真正的职业化的姿态,让人没有话好说。

　　看那张脸,一看就是几年。通过电视荧屏,看到他出现在世界各座城市,许多有名的网球场上。并没有厌烦,他是值得崇敬的,论天赋,论努力都无可挑剔。看得出他是真正地把自己交给了厮杀终日的球场,交给了那只心软化不了的硬硬的网球,交给了朝三暮四、喜新厌旧,和网球一样捉摸不定的观众,交给了世界……

　　世界,理应给他最高的回报,没有话说呀。但最高的荣誉,却给了另一个人,他的名字叫桑普拉斯,当然他是个天才球星。一对朋友夫妻,是在美国,桑普拉斯的本土爱上网球的。看这位天才球星的潇洒表演多了以后,就看出了问题。

　　先生沉吟再三之后,对太太说:

　　我要和桑普拉斯同志谈谈,他有随打打的思想……

但有思想态度问题的扮酷扮帅的"桑普拉斯同志"，却照样是世界网坛第一人，谁也奈何不了他。叫拼死拼活的同志们，也没有话说呀。

我无意说张德培的运动生涯至此已到顶峰，不走下去，谁又知道极限不是下一刻、再下一刻呢？升华与现实也许就在一刹那间完成了转化。

自然，每个人都是有着自身的局限的，你、我、张德培、桑同志……每一个不同的个体局限之外，还有我们共同的、作为人这一种类的局限。

飞人乔丹能在空中停留两秒钟的时间。就是这短短的两秒钟，创造了"飞"的神话。但这两秒钟能和动物中的鸟类相比吗？能和模仿鸟类又超越了鸟类，甚至超越了音速的飞机相比吗？飞机是人造的，人却无法与飞机比飞。

不过，设想一下，如果飞人乔丹的滞空两秒钟记录可以随意打破的话，这样的记录还有意义吗？

我看见过游泳运动员的训练，它和其他体育项目一样，也是一种对极限的挑战。我看见运动员们在做某一种操，那些涨得通红、龇牙咧嘴的小脸，让我实在不忍看，但我还是看了。

教练叉着腿，一只手把胸前的怀表托得高高的，冷峻地、不容商量地宣布：昨天的底线是十秒钟，今天的底线是九秒。

这要命的一秒钟啊，是多么严酷。

教练不带任何感情地喊出一个"到"的时候，一种声音爆发出来了。像是汽笛，却不是汽笛。像是感叹，却不是感叹。那是几十个小身体里发出来的，是痛苦的呼吸啊。可以想见这一秒钟，在这些还有漫长的训练过程的身体里所产生的反应——可怕的反应。

一个曾经当过国家三级游泳运动员的父亲，就说他之所以让儿子改换门庭学围棋,是因为自己吃过的苦,不想让儿子再吃了!

他说:那是没完没了地和自己过不去……

那么围棋就一定过得去吗?

生活呢?

我想起我见过的一个躺在摇篮里的小婴儿,他交叉着手臂,把身子像鲤鱼打挺那样向上挺着,可是无论如何也够不着帐篷顶上的彩球。往左、往右、往前、往后,总差那么一点距离。于是他就使着劲儿地哭,哭得那么蛮不讲理,哭得那么伤心欲绝,那么不罢不休的——他可能在想:不就是那么一点距离嘛,为什么就不行呢? 我在那个大哭的孩子身上看见了自己,很无奈的样子。

偶然间,却听到一首很美的歌,仿佛天籁。优美而悠扬的曲调盘桓于心……此时,我走出茫茫云海,可前面又是蒙蒙青霭,仿佛继续前进,就可以摸着那青霭了;然而走了进去,却不但摸不着,而且看不见;回过头去,那青霭又合拢来,蒙蒙漫漫,可望而不可即……

我却再不会犯公鸡式的认知错误,即使我叫了喊了,也不再以为天就是我叫亮的哦。

还是听听静谧中自己心跳的声音吧:

> 当我失落的时候,
> 噢,我的灵魂,如此疲惫。
> 当有困难时,我的心背负着重担;
> 然后,我仍然在这里静静等待,
> 直到你也来和我坐一会儿。
> 你鼓舞了我,所以我能站在群山顶端;
> 你鼓舞了我,走过狂风暴雨的海;
> 当我靠在你的肩上,我是坚强的;

你鼓舞了我……让我能超越自己。

你鼓舞了我，所以我能站在群山顶端；

你鼓舞了我，走过狂风暴雨的海；

当我靠在你的肩上，我是坚强的；

你鼓舞了我……让我能超越自己。

没有一个生命——没有生命是没有渴求；

每一个不安分的心脏跳动着；

但是当你来临的时候，我充满了惊奇，

有时候，我觉得我看到了永恒。

你鼓舞了我，所以我能站在群山顶端；

你鼓舞了我，走过狂风暴雨的海；

而且我是坚强的，当我在你的肩膀上；

你鼓舞了我……让我能超越自己。

你鼓舞了我……让我能超越自己。

也许，只有真正看到自己的局限与极限，直至看到自己迸发的眼泪，我们才真正有机会感叹这广大世界的美好，并且感恩于"你"！

图书在版编目(CIP)数据

月光无痕/徐芳著. —上海：东方出版中心，
2014.1

ISBN 978-7-5473-0653-6

Ⅰ.①月… Ⅱ.①徐… Ⅲ.①散文集-中国-当代
Ⅳ.①I267

中国版本图书馆 CIP 数据核字(2013)第 319706 号

月光无痕

出版发行：东方出版中心

地　　址：上海市仙霞路 345 号

电　　话：021-62417400

邮政编码：200336

经　　销：全国新华书店

印　　刷：昆山市亭林印刷有限责任公司

开　　本：890×1240 毫米　1/32

字　　数：180 千

印　　张：7.5

版　　次：2014 年 1 月第 1 版第 1 次印刷

ISBN 978-7-5473-0653-6

定　　价：28.00 元